Briser la glace

Collection Démarches

Les éditions Paulsen sont une société
du groupe Paulsen Media.
www.editionspaulsen.com

Julien Blanc-Gras

Briser la glace

Paulsen

I

L'OURS SE TIENT, immobile, à quelques mètres. Je fais face au sommet de la chaîne alimentaire et je retiens mon souffle ; c'est la moindre des choses quand on dévisage le seigneur de la banquise. Je sais la puissance qui émane de ces quintaux de muscles, de ces griffes profilées pour décapiter un phoque (ou un homme), de ces mâchoires capables de broyer n'importe lequel de mes os.

J'avance d'un pas, mes yeux plantés dans les siens.

L'ours reste imperturbable.

Je dois maintenant prendre une décision cruciale.

Faut-il partir en courant ou faire le mort ?

Agiter les bras en criant ?

Ou acheter cette carte postale représentant l'animal emblématique de l'Arctique sous l'inscription *Welcome to Greenland* ?

J'opte pour la dernière solution et attends sagement mon tour à la caisse du duty free. Situation moins périlleuse qu'une rencontre physique avec un ours blanc mais néanmoins délicate : il me reste quatre heures à tuer avant ma correspondance et aucun bar n'est ouvert à 130 kilomètres à la ronde.

Le site de Kangerlussuaq propose un concept original, celui d'aéroport international planté au milieu de rien. Le nœud aérien du Groenland, point d'entrée du territoire, ne s'embarrasse pas d'une ville, pas plus que d'une route le reliant à une autre ville.

Quelques dizaines de baraques abritent les habitants, tous plus ou moins liés à l'activité aérienne. Une poignée de boutiques de souvenirs, une auberge de jeunesse, une poste. Un long bâtiment rectangulaire se présente comme un *pisiniarfik.* Ma curiosité piquée par la sonorité du mot, je monte les quelques marches me séparant de la porte d'entrée. C'est un supermarché. Le désœuvrement étant un moteur puissant, je franchis le seuil et découvre un monde bien achalandé où, dans un périmètre somme toute restreint, on peut acquérir des oranges sans goût, des chérubins en stuc et des fusils à pompe. Plus que 3 heures 30 avant mon vol.

Dans la salle d'attente de l'aéroport, le guichet d'une agence touristique m'invite à un *Toundra safari tour* promettant une vue imprenable sur les environs peuplés de bœufs musqués. Départ immédiat. Je monte dans un minibus en compagnie d'une famille allemande et d'un guide danois qui débite machinalement sa science du lieu. Kangerlussuaq compte moins de 600 habitants.

L'aéroport est une ancienne base militaire américaine créée pendant la Seconde Guerre mondiale et rétrocédée au Groenland pour un dollar symbolique en 1992. L'emplacement a été choisi pour la stabilité de son climat. Sa situation à mi-chemin de l'Europe et des USA, idéale pour le ravitaillement des bombardiers, conférait un avantage géostratégique décisif aux alliés dans la lutte contre les nazis. C'est une page d'Histoire méconnue : si le Groenland n'était pas là, nous serions tous en Germanie.

Plus de militaires aujourd'hui à Kangerlussuaq, à peine un policier de rien du tout. Sensation étrange que de se promener dans un aéroport sans patrouilles armées jusqu'aux dents. C'est un petit malheur si simple, si insidieusement intégré dans notre quotidien occidental, qu'on en vient à l'oublier. Nous sommes en guerre sans vraiment savoir contre qui et nous nous en accommodons avec résignation.

Je chasse cette pensée obscure en balayant le paysage. Contrairement à une idée assez répandue, le Groenland n'est pas intégralement recouvert de glace. Nous avançons dans la toundra. La terre est brune, austère, dépourvue d'arbres dignes de ce nom. Simplement des arbustes aplatis par le vent, des buissons, des mousses et des lichens. Tout cela s'entortille autour des rochers, dans des reliefs qui convergent vers le blanc éternel de la calotte polaire.

– Sur votre gauche, vous pouvez voir le golf 18 trous le plus septentrional de la planète.

Dans les années 1980, des pilotes d'Air Greenland ont imaginé ce parcours, avec l'ambition probable de ne pas mourir d'ennui lors des escales. Aujourd'hui, il fournit une anecdote aux guides touristiques, un petit record du monde ne peut pas nuire.

Le bus s'arrête au bout d'une piste et au sommet d'une colline, devant un panneau « chasse interdite » criblé de balles. Je veux voir des bœufs musqués (*Ovibos moschatus*), comme on me l'a promis. Comme son nom ne l'indique pas, le bœuf musqué est une chèvre. On aurait intuitivement tendance à le comparer à un yack ou un bison mais il s'agit en fait d'un caprin qui cache bien son jeu sous ses longs poils qui traînent par terre, car le bœuf musqué ne range pas ses affaires. Les Groenlandais le nomment ummimak, « l'animal dont la fourrure est comme une barbe ». Je griffonne sur mon carnet : « Le bœuf musqué serait-il un djihadiste ou un hipster ? » Aucun des deux, c'est une chèvre de 300 kg que je ne parviens pas à localiser malgré les jumelles prêtées par le guide. Nous sommes en été, c'est la saison des amours, le bœuf musqué a mieux à faire que de satisfaire la curiosité des touristes, il faut qu'il aille mettre des coups de corne à ses rivaux avant de batifoler avec ses promises. Je remonte dans le véhicule, sans bœuf musqué dans la rétine.

Belle arnaque, ce *Toundra safari tour*, maugréé-je en m'installant à la cafétéria de l'aéroport. Pour me venger, je commande un burger au bœuf musqué que je mastique avec rancune. Plus que deux heures d'attente.

Repu, je tente une sieste réparatrice, allongé sur la terrasse du restaurant qui donne sur le tarmac inoccupé. Je ne porte qu'un T-shirt, j'ai enlevé mon pull dont je me sers comme oreiller de fortune. Impossible de dormir, le soleil tape trop fort. Je veux bien qu'on soit au mois d'août. Mais on est au nord du cercle polaire et je crève de chaud. Quelque chose ne va pas.

Il ne me reste qu'à observer la petite foule en transit et à en tirer quelques enseignements. Je ne suis pas ethnologue, il ne faudra pas compter sur moi pour étudier les systèmes de parenté de communautés reculées. J'ai beaucoup de respect pour les sagesses ancestrales des peuples premiers, mais je ne meurs pas d'envie de vivre pendant six mois sous un igloo pour recueillir des contes traditionnels, d'autant que certains l'ont déjà fait – et bien – avant moi. Je me contenterai pour le moment d'établir une nomenclature grossière de la population de l'aéroport. On la divisera en trois groupes.

1. Les locaux

À première vue, rien ne différencie vraiment le Groenlandais d'un Espagnol ou d'un Kenyan. Comme chez toutes les sortes *d'Homo sapiens*, il passe l'essentiel de son temps à manipuler un smartphone en commentant la météo. Ici comme ailleurs, l'homme moyen patiente en se curant le nez sans imaginer que des gens puissent le regarder. Ici comme ailleurs, la femme jeune se pare des atours de la séduction. Je repère une étudiante aux cheveux teints en vert, des filles en pantalon moulant, une veste motif léopard, des piercings. Ici comme ailleurs, la femme ménopausée porte souvent les cheveux courts et un survêtement – la séduction n'est plus une priorité.

Pas besoin d'être historien des migrations pour constater que leurs ancêtres ont traversé le détroit de Béring. Ces physiques ne dépareilleraient pas énormément en Mongolie ou quelque autre contrée d'Extrême-Orient. C'est de là que sont venus les aïeux des Inuits, il y a environ 12 000 ans, passant de l'Asie à l'Amérique du Nord puis au Groenland, suivant du gibier qui se déplaçait en fonction des évolutions climatiques, déjà.

La taille moyenne n'est pas très élevée, on a plutôt affaire à des trapus, denses et solides. Je suppose qu'un évolutionniste pourrait démontrer que cette physionomie résulte d'une adaptation à l'environnement, car un centre de gravité bas favorise la stabilité sur le sol glissant de la banquise. La dame devant moi, celle avec la veste léopard, dispose d'une épaisse couche de graisse qui doit se révéler commode pour se protéger du froid. Je note un fort taux de prévalence du port de la Birkenstock avec chaussettes. Cela pourrait s'expliquer par l'influence historique danoise, ce qui tendrait alors à prouver que le Danois n'est qu'un Allemand du Nord, alors qu'il cherche à nous faire croire qu'il est un Scandinave du Sud, en dépit de l'évidence cartographique.

2. Les Scandinaves

Dans cette file d'attente, les Danois sont immenses. Le fait est attesté par la science : c'est un des peuples de plus haute taille, avec les Hollandais. Ce sont principalement des hommes seuls, mallette à la main, en transit professionnel. Ils se tiennent dans une posture post-coloniale, à la fois dominante et embarrassée, l'air un peu las, pas excités par leur voyage. Leurs ancêtres à eux sont arrivés au XVIIIe siècle, avec des armes à feu, des bibles réformées et un sens aigu du commerce. Trois siècles plus tard, le Danemark détient toujours la souveraineté sur ce territoire, bien que le Groenland dispose d'une large autonomie politique et de son propre gouvernement.

3. Les touristes

Ce sont en grande majorité des trekkeurs internationaux, déjà équipés en North Face de pied en cap, prêts à randonner tout de suite, alors que non, là, dans une vingtaine de minutes, ils vont monter dans un avion.

Eux, ils n'ont pas d'ancêtres. Le fait de partir en vacances pour marcher dans la boue est une activité tardive chez l'être humain, dont on retrace les origines dans la seconde moitié du XXe siècle.

Voilà, j'arrive dans un pays où les vaches se déguisent en chèvres, où l'on vend des flingues à la supérette, où l'on prend l'avion avec des guêtres. Un panneau indique Paris à 4 heures 25 et le pôle Nord à 3 heures 15.

II

Aussi incroyable que cela puisse paraître, je ne suis pas le premier voyageur à visiter le Groenland. Tout un tas de Vikings, de baleiniers, de missionnaires, d'explorateurs, de scientifiques et de sportifs ont balisé le chemin avant moi. Les récits de ces plus ou moins glorieux prédécesseurs ont modelé nos imaginaires. Nos consciences sont parsemées de représentations des univers polaires. Un igloo dans le blizzard par-ci, de pauvres esquimaux alcoolos par-là, des ours en perdition sur une banquise qui fond trop vite. La réalité, bien sûr, persiste à rester plus complexe que les images d'Épinal. Il ne faut pas en vouloir aux images d'Épinal, elles ont du mal à s'adapter à un monde qui change trop vite pour elles. C'est pour ça que je voyage, pour embrasser le réel sans l'intermédiaire d'un écran, tout en sachant qu'il est déjà périmé au moment où je passe à l'étape suivante.

Jusqu'à présent, je penchais vers les tropiques. Aimanté par les zones où l'on vit dehors, où la distinction entre la rue et la maison est ténue, je visais toujours le Sud, là où les vêtements sont assez légers pour se déplacer, vivre, aimer facilement. Le Sud facilite le mouvement, on y danse sans encombre. Sans vraiment le connaître, le Nord, je l'associais au figé.

Mais ce Nord s'est mis à bouger. Longtemps considéré comme une périphérie exotique réservée aux aventuriers, l'Arctique se déplace désormais vers de nouveaux enjeux. Les changements climatiques modifient la géographie. Des routes maritimes s'ouvrent avec la fonte estivale de la banquise, des intérêts commerciaux et stratégiques pointent le bout de leur nez emmitouflé. Les touristes affluent, les multinationales reniflent un sol promettant des richesses minérales longtemps gelées. Sous la glace, les dollars. Le nord du monde se recentre.

Je ne demande qu'à réorienter ma boussole et à enfiler une paire de moufles. Il a suffi qu'un éditeur me propose d'aller voir là-haut si j'y étais, et me voilà en train de survoler la terre la plus septentrionale du globe.

L'hôtesse de l'air a beau être une splendeur avec ses yeux bleus en amande, un petit chaton boréal et minaudant, elle ne parvient pas à éclipser le spectacle qui se joue derrière le hublot. D'un côté de l'appareil : l'inlandsis, ou calotte polaire, recouvrant la plus grande partie du pays sous des milliers de mètres d'épaisseur. Des milliards de mètres cubes de glace, la deuxième réserve d'eau douce de la planète. Le froid y paralyse toute tentative d'émergence de la vie. C'est une vision féerique, aveuglante. Une infinité de blancs lézardés par les éclats bleutés des bédières. Un tableau d'une virginité presque dérangeante, un paysage à douter du réel. Aurait-on basculé dans un univers parallèle ? Bousculé par la contemplation de cette merveille inaccessible, je change de siège pour me rendre au hublot opposé et je me fais gronder par le petit chaton au passage.

De ce côté : la mer, sur laquelle je vais bientôt naviguer. Le Groenland est une île, c'est même la plus étendue du monde. J'ai plus de deux millions de kilomètres carrés sous les pieds. Ce pays qui n'en est pas vraiment un pourrait contenir quatre fois la surface de la France et il est moins peuplé que l'agglomération de Bourg-en-Bresse. Toute sa population pourrait tenir dans un stade. Elle se concentre sur cette étroite bande de terre escarpée se faufilant entre l'eau solide et l'eau liquide. Entre les deux, on aperçoit des fjords qui entaillent le sol, des lacs qui le creusent, le mouvement de l'eau qui change d'état pour façonner une nature d'où émergent quelques foyers de vie noyés dans l'immensité. Petits points seulement reliés par les airs et la mer en l'absence de route, grappes de chaleur humaine disséminées sur le littoral. Ce petit point où nous allons atterrir, c'est la capitale.

III

Du haut de ses 17 000 habitants, Nuuk est estampillée « métropole arctique » par l'office du tourisme. Il est vrai qu'on y trouve des magasins bien fournis en iPad, des musées, un hôtel 4 étoiles, un restaurant de sushis, un salon de massage thaïlandais et un café imitation Starbuck's. L'office du tourisme ne le mentionne pas, mais Nuuk est surtout célèbre pour ses barres d'immeubles en béton, aberration architecturale et saccage visuel, stigmates d'une politique de regroupement urbain entamée dès les années 1950 par les autorités danoises. Plus simple à administrer. Prenez un pêcheur dans un village au mode de vie traditionnel. Transplantez-le dans une cage à lapin pour en faire un chômeur urbain pourvu d'une télévision. Multipliez par quelques milliers. Récoltez les conséquences sociales et la réputation dégradée qui va avec.

Nuuk ne ressemble pas non plus au cauchemar que certains m'avaient décrit. La capitale est une gentille bourgade avec son port, ses artères bien tracées, son unique cinéma, ses fonctionnaires qui sortent du bureau pour faire un tour à la galerie marchande avant de rentrer dans leur maison colorée en saluant leur voisin. Nuuk donne l'impression d'être un hybride entre, disons, Saint-Pierre-et-Miquelon et La Courneuve.

J'ai une méthode bien rodée pour apprivoiser l'âme d'un lieu dès mon arrivée. Je sors de l'aéroport et je file au bistrot. Je l'ai éprouvée de Bakou à Valparaiso et je n'ai jamais été déçu, il en ressort toujours quelque chose, un premier écrémage des passions locales, une piste à suivre, parfois des amitiés.

J'entre dans le premier établissement qui croise ma route et j'en ressors vite car il n'est peuplé que de grands blonds – je n'ai rien contre les grands blonds, mais ce ne sont pas eux que je cherche aujourd'hui.

Je traverse la rue et pousse la porte du Max, qui présente l'avantage d'accueillir une clientèle plus typique. C'est un pub. Boiseries, fléchettes et écran géant diffusant un match de handball allemand. Kiel a trois buts de retard à la mi-temps. On se canarde au comptoir avec jovialité et tristesse, comme dans tous les bars du monde où l'on vient chercher un peu de détente en engourdissant son cerveau. Un couple de quinquagénaires attablés s'enlace avec tendresse. Un trio féminin joue à papier-caillou-ciseaux en enquillant les shots sur le comptoir. Le patron me souhaite la bienvenue, puis un pilier tente d'engager la conversation. Très bien, je suis venu pour ça. Nous n'avons hélas que peu de mots en commun. Le groenlandais, idiome officiel, n'a pas de racine indo-européenne. Comme toutes les langues de la famille eskimo-aléoute, elle est polysynthétique et ergative. Je ne comprenais pas exactement ce que cela voulait dire avant de m'être documenté, et après m'être documenté, je ne comprends toujours pas[1]. Ce que je constate empiriquement, c'est que les mots peuvent comporter une trentaine de lettres et des phonèmes que mon larynx ne m'autorise pas. J'ai pris soin d'apprendre à dire *bonjour, merci, je m'appelle Julien et je suis français*. Ce sont les limites de mon bagage pour le moment. Mon niveau de danois, qui était langue officielle jusqu'en 2009, laisse à désirer – je n'ai pas lu Kierkegaard dans le texte depuis bien longtemps.

Il semble que mon ami de comptoir s'essaye à l'anglais, quoique je ne puisse pas l'affirmer avec certitude du fait de son élocution hasardeuse. La conversation dure dix bonnes minutes, le type émet des sons et je répète « désolé, mec, je comprends rien ». Il me serre la main quatre fois, je trinque cinq fois pour meubler l'impossibilité de notre échange et manifester ma bien-

1. Wikipédia : « En grammaire et en typologie linguistique, une langue ergative, ou plus précisément une langue à structure d'actance de type absolutif-ergatif est une langue dont la grammaire comporte une opposition fondamentale entre deux fonctions syntaxiques qui correspondent d'une part au sujet d'un verbe transitif, d'autre part à l'objet d'un tel verbe, confondu avec le sujet d'un verbe intransitif. » C'est tout de suite plus clair, n'est-ce pas ?

veillance. Il me tape sur l'épaule et j'écourte l'expérience en allant pisser.

Alors que je sors des toilettes, je sens une main attraper mon paquet. Je lève les yeux. C'est une rombière, la cinquantaine, joufflue avec des lunettes. Joviale. Penser à prendre des notes sur les parades de séduction plutôt directes qui ont cours ici. Je comprends vite qu'elle n'a en fait aucune intention sexuelle. Elle veut simplement m'indiquer que j'ai un pénis (ce que je savais) et que je n'ai rien à faire ici, dans les toilettes des dames. Elle me montre le panneau, que je n'avais pas su déchiffrer. Je ne sais pas dire *femme* en groenlandais. Pardon, Madame (mais la prochaine fois que tu me tripotes comme ça, j'appelle au secours).

Quelques instants plus tard, je suis alpagué par une touriste islandaise qui dissimule d'énormes seins sous son anorak. Elle m'annonce, dès la deuxième phrase, qu'elle exerce la fonction de poète.

– Est-ce que tu crois aux elfes ?

J'ai lu quelque part que les deux tiers de la population islandaise croyaient aux elfes.

– Bien sûr que non, répond-elle.

Elle boit une gorgée de Carlsberg.

– Mais en fait si, j'y crois.

Réponse idéale. Cette femme capte la polysémie du réel ; son statut de poétesse n'est pas usurpé. Je m'apprête à l'interroger sur les fondements des mythologies scandinaves quand nous sommes interrompus par Martina, une personne de petite taille, disposant des bras les plus courts qu'il m'ait été donné d'observer. Nous sommes ensuite rejoints par Maria, qui a la plus grosse tête au nord de l'équateur. Le casting est bouclé, je paye ma tournée. Maria insiste pour faire un selfie. Le résultat est flagrant : son crâne est deux fois plus épais que le mien. Martina est guillerette, elle tient à donner son numéro de téléphone à toute la tablée. Maria, elle, oscille entre l'hilare et le vindicatif.

Sans sommation, elle se met à engueuler la poétesse.

– Un jour, un Islandais m'a traitée d'esquimau.

Magie de l'alcool, je me rends compte que je comprends le groenlandais :

– Il m'a traitée d'esquimau !

Elle dresse le poing. La poétesse, innocente quoique islandaise, recule d'un cran. Le poing de Maria s'abat sur la table.

C'est l'heure de faire un point sémantique. Esquimau (ou eskimo) viendrait de l'algonquin signifiant « mangeur de viande crue » ou de l'expression des Indiens Micmacs traduisible par « parlant la langue d'une terre étrangère ». Il désigne l'ensemble des peuples autochtones de l'Arctique. Le terme est aujourd'hui considéré comme péjoratif, d'où la colère houblonnée de Maria.

Inuit veut dire « humain ». L'appellation se rapporte aux peuples autochtones arctiques d'Amérique du Nord et du Groenland. Il serait toutefois imprécis d'affirmer que les Groenlandais sont des Inuits, car le métissage est largement répandu. (Mais ne sommes-nous pas tous métis ?) Quelques siècles d'interactions avec l'Europe ont engendré des blonds aux yeux clairs présents ici depuis des générations. Le Groenlandais, c'est donc celui qui vit au Groenland (à l'exclusion des étrangers et des Danois métropolitains), quel que soit son phénotype.

Une fois la conversation pacifiée par la grâce d'une nouvelle tournée de bières, je salue mes amies et m'exfiltre du bar, action plus difficile qu'elle n'en a l'air, car Martina tente de me retenir avec ses petits bras. La rue principale de la capitale du Groenland est vide. Il est bientôt 22 heures et le soleil, qui ne brille pas pareil pour tout le monde, refuse de se coucher.

IV

Le musée national du Groenland est désert. L'histoire de l'île défile rien que pour mes yeux. Depuis les premières migrations venues d'Amérique il y a quarante-cinq siècles, plusieurs vagues de peuplements, pas toujours bien connues, se sont succédé jusqu'à l'arrivée des Danois, sur lesquels nous sommes assez bien renseignés. Des hommes ont vécu ici dès la préhistoire, dans des tentes, des abris en tourbe, des igloos, traversant les époques sur un territoire pauvre en ressources et riche en contraintes. Longtemps, le reste du monde ignora leur existence, et vice-versa. Ils ont laissé derrière eux les traces de leur ingéniosité, des kayaks, des harpons, des traîneaux, tout un tas de produits indispensables à la perpétuation de l'espèce par moins 30 degrés. Le clou du musée, ce sont les momies de Qilakitsoq, remarquablement conservées depuis le XVIe siècle, et assez flippantes – je n'étais pas entré ici pour voir des cadavres d'enfants. Dans le registre effrayant, je préfère admirer les *tupilak*, petites figurines sculptées dans l'ivoire représentant des êtres maléfiques de la mythologie inuite. Le *tupilak* tue ses victimes en les dévorant. Ça fait froid dans le dos, et on n'a pas besoin de ça dans ce pays.

Émergeant des profondeurs archéologiques du musée, je grimpe sur une butte en espérant entrevoir l'avenir. J'arrive aux pieds de la statue de Hans Egede, le missionnaire fondateur de la ville en 1729. Il l'avait baptisée Godthâb. Bonne espérance.

Qu'espérais-tu, vieux Hans ? Avais-tu imaginé la vision qui est la mienne en ce moment ? Des nuages s'accrochent au sommet des montagnes enneigées qui veillent sur la cité. Elles étaient déjà là à ton époque, tout comme les rochers du vieux port autour duquel tu as bâti ton espérance.

Tu n'avais sûrement pas envisagé la construction de ce gratte-ciel. Au moins dix étages, dont les deux premiers niveaux abritent une galerie commerciale avec des escalators qui conduisent sans effort vers un tas de produits inutiles à la perpétuation de l'espèce.

Tu aurais été surpris par cet autre bâtiment en forme d'aurore boréale, centre culturel au design impeccablement danois, dont les affiches annoncent un concert de Dr. Alban, gloire de l'eurodance des années 1990. Ça, je ne pense pas que tu l'aies vu venir, mon vieux Hans.

Une journée à Nuuk suffit pour comprendre que le Groenland a plus changé en cinquante ans que lors des cinquante siècles précédents. Je m'attarde au café du centre culturel pour discuter avec des étudiants qui sirotent des *latte* devant leur Mac. Ils pianotent sur Facebook, maîtrisent deux ou trois langues, ont des projets créatifs et des ambitions professionnelles. En voilà, de l'avenir.

L'avenir se décide aussi à deux pas d'ici, dans ce parlement où se tiennent des discussions cruciales sur les futures exploitations minières et les conditions d'une éventuelle indépendance. Le Danemark conserve aujourd'hui ses prérogatives régaliennes – monnaie, justice, défense et relations internationales, mais les affaires du Groenland sont désormais aux mains des Groenlandais.

De l'autre côté de la rue, ce sont des barres de logements sociaux en béton, peuplées de gens qui parlent mal le danois et dont les enfants n'iront pas à l'université. Je me faufile dans ces cages d'escalier vieillottes et maculées de graffitis (beaucoup de bites, motif universel), serties de panneaux « défense d'uriner » qui, selon toute évidence olfactive, ne remplissent pas leur mission. Sur un mur, un graffiti « FUCK » est agrémenté d'un cœur. Des adolescents encapuchonnés traînent à la sortie d'un fast-food en fumant du shit. Ils tapent de temps en temps dans un ballon, sans conviction, luttant plus contre l'ennui que contre le froid.

V

Le groenland est le pays témoin du changement climatique. Personnalités politiques, vedettes de cinéma et sauveurs autoproclamés de la planète viennent en pèlerinage, de préférence accompagnés d'équipes de télévision, pour verser une larme sur les glaciers ruisselants. Le point de ralliement, c'est le Sermeq Kujalleq, dans les environs d'Ilulissat (ou Jacobshavn, car tous les patelins ont un double nom, contemporain et colonial), la capitale touristique du Groenland, à 600 kilomètres au nord de Nuuk. C'est le plus important glacier de l'hémisphère nord. Il draine des myriades d'icebergs et d'adeptes du tourisme climatique. On se presse pour admirer la beauté d'un monde qui part en morceaux, avec le frisson qu'offre le spectacle des apocalypses en cours.

Je brûle de voir ce glacier mais ce ne sera pas pour aujourd'hui. Arrivé à l'aéroport d'Ilulissat (où un panneau indique qu'il est interdit de fumer la pipe), je saute dans un taxi, descends au port, enjambe un bastingage, salue trois hommes que je ne connais pas, largue les amarres et file vers le nord, debout à la barre d'un voilier, le vent salé soufflant sur mon visage la caresse de l'aventure qui démarre.

À peine sorti du port, je slalome entre les icebergs, au contact direct des éléments. Je frôle des montagnes de glace. Je suis l'homme balloté par les flots de son destin face aux puissances gigantesques de la nature. À moi Conrad, à moi Melville !

Cette expérience grisante dure une minute, le temps de prendre une photo, puis le Capitaine reprend les manettes, car il ne faudrait pas couler le bateau dès le départ. Pour bien comprendre la suite de ce récit, il faut savoir que mon niveau de qualification nautique s'élève à zéro. J'ai lu quelques classiques de la littérature maritime, bien au chaud sous la couette, mais ça ne suffit pas pour devenir Tabarly. J'ai certes voyagé sur tous les océans, à bord de ferrys, de paquebots ou de navires de recherche océanographique. J'ai frôlé la mort sur un Zodiac à Madagascar, j'ai observé des dauphins sur un boutre en mer d'Oman, j'ai mangé des sushis sur un yacht croisant au large du Japon. J'ai fait du tourisme au cap Horn et du wakeboard sur le lac de Serre-Ponçon – le plus beau de France. J'ai expérimenté le mal de mer dans un chalutier rouillé puant le kérosène en compagnie d'un scientifique ukrainien qui passait du vert au gris dans le canal du Mozambique. Bref, je suis monté sur des tas de bateaux mais je suis un marin d'eau douce, incapable de faire un nœud de chaise.

En dépit de mon inexpérience, je suis embarqué sur un voilier idéal, un Périple 50 de 15 mètres à double coque en aluminium, profilé pour évoluer en eaux polaires avec ses dérives et safrans rétractables réduisant son tirant d'eau. Un petit bijou des océans dont la vue illumine l'œil des bourlingueurs. Même un terrestre comme moi peut s'en rendre compte : ça, c'est un sacré bateau. Deux voiles, un moteur 115 CV, un attirail technologique dernier cri et, en guise d'étendard, des bois de renne facétieusement accrochés sur la poupe.

Atka, son nom, signifie *brise-glace* mais aussi *gardien des esprits* en langue inuite. Ce voilier appartient à un aventurier, un vrai, qui a tout misé pour en faire une résidence artistique itinérante. Un amoureux du Nord mû par la volonté de partager sa passion.

La semaine précédente, Atka accueillait un photographe russe habitué aux stars de Hollywood (il devait shooter George Clooney quelques jours après) et une représentante en vodka (je n'ai pas trop compris la raison de sa présence) qui n'a pas pu s'empêcher de poser en bikini sur fond d'icebergs. Plus tard, il y aura d'autres invités, musiciens, réalisateurs, artistes de cirque, entre autres. Pour l'instant, c'est le tour de l'écrivain. L'éditeur de ce livre, ami du propriétaire du bateau, m'a dégoté une place à bord, en compagnie d'un peintre.

Notre équipage est donc composé de deux saltimbanques rejoignant deux navigateurs. Quatre inconnus montent sur un bateau et vont vivre dans un espace confiné pendant quelques semaines. Impossible de savoir si nous allons nous écharper, devenir amis pour la vie, ou mourir d'ennui.

Une légère appréhension vient se mêler à l'excitation du départ. Nous ne sommes pas dans les eaux quiètes du golfe du Lion, où même à ses moments furieux, Neptune ne se prend jamais trop au sérieux. Nous partons de 69° de latitude nord, des icebergs traînent partout sur la route, les conditions climatiques de la région sont changeantes, avec une tendance à tirer vers l'extrême. J'accorde toutefois une entière confiance à ces marins, sans doute parce que je n'ai pas le choix. Ils sont bretons, c'est bon signe. J'avoue, au risque de m'engluer dans la discrimination ethnique, que je me sentirais moins en sécurité avec des Auvergnats ou des Alsaciens. Les skippers affichent une petite trentaine et paraissent déjà bigrement expérimentés. Des transats en veux-tu, en voilà, des expéditions en Antarctique ou au Svalbard, des navigations sur des bateaux prestigieux. Ces deux grands gaillards hirsutes, bonnes têtes et sourires francs, se partagent les tâches sans rapport hiérarchique, bien que l'un soit officiellement le Capitaine et l'autre le Second. Le duo se complète harmonieusement, petit couple soudé par des semaines de navigation leur ayant permis de trouver leurs marques. Ils ont relayé une première équipe qui a convoyé Atka de La Rochelle à Nuuk. Ils vont cohabiter deux mois avant de passer la main à un nouvel équipage.

Les caractères se dévoilent rapidement sur un bateau. Le Capitaine se montre calme, réfléchi et pince-sans-rire. Le Second est une boule d'énergie gouailleuse, un énergumène instinctif, remuant et porté sur la vanne. Pour être artiste, le Peintre n'en est pas moins un vieux loup de mer. Il a passé sa vie sur les flots pour débusquer des formes et des couleurs à se mettre sous les pinceaux. C'est un poète de la palette, le verbe haut et la voix profonde, débordant d'histoires vécues sous toutes les latitudes. Visage taillé par l'aventure, chevelure clairsemée, il va bientôt aborder la soixantaine – mais nous allons rapidement nous rendre compte qu'il est peut-être le plus jeune d'entre nous.

Je craignais l'éventualité de tomber sur une équipe de taiseux, sur des ombrageux enfermés dans leurs tempêtes intérieures. Ce n'est pas le cas. Mes comparses ne correspondent pas au stéréotype du marin bougon.

J'ai compris en quelques minutes que nous ne nous entretuerions pas. Ces trois types sont aussi heureux que moi d'être là et les relations s'installent sous le signe de la bienveillance mutuelle. Nous ne nous connaissons pas encore mais nous savons que nous appartenons à la même confrérie, celle des agités qui s'étiolent dans l'immobile et s'équilibrent dans le mouvement.

VI

Nous avons des cartes, nous n'avons pas de plans. C'est là tout le charme de cette équipée. Nous disposons d'une poignée de semaines pour caboter sur la côte ouest du Groenland, dans cette baie de Disko réputée pour être la plus belle du pays. Nous irons où bon nous semble et nous aurons même la possibilité de changer d'avis. Pas de haute mer au programme. Dans notre champ de vision, il y aura toujours de la terre, de l'eau (cela semble inévitable) et des glaçons, comme nous commençons à les surnommer affectueusement, peut-être pour minimiser leurs dimensions effarantes.

J'avais déjà vu des icebergs, dans des films. Je savais qu'il s'agissait de morceaux imposants et susceptibles de couler des paquebots – l'iceberg a mauvaise réputation depuis 1912. Il faut se méfier, celui qui a coulé le Titanic serait issu des glaciers environnants.

Sans vouloir sous-estimer le danger qu'il représente, je voudrais tenter une réhabilitation de l'iceberg car il serait injuste de le réduire au rang de *serial killer*. Soyons prudents dans notre approche et commençons par décrire l'iceberg cliniquement – froidement, si j'ose dire.

D'après mon dictionnaire, il s'agit d'un « bloc de glace d'eau douce, détaché du front des glaciers polaires, ou d'une barrière flottante, dérivant sur l'océan en fondant peu à peu, suite au réchauffement climatique le plus souvent ».

Le dictionnaire, incapable de rendre compte d'un choc esthétique, me laisse sur ma faim. Je voudrais aborder l'iceberg par sa face sublime, retranscrire sa majesté. J'envie le Peintre, qui peut montrer alors que je ne peux que décrire. Je doute. L'entreprise ne serait-elle pas vouée à l'échec ? Les mots, non soumis à la pesanteur, ne font pas le poids face aux tonnes des mastodontes. Il paraît que les Inuits ont cent vocables (ou mille, selon les versions) pour désigner la glace et ses différents états. Pauvreté de la langue française en milieu polaire, je n'ai guère de synonymes à me mettre sous la dent. La glace, c'est la glace.

Ah non, c'est un peu court, jeune homme, me chuchote une voix intérieure, celle de la mauvaise conscience littéraire. Ne te laisse pas abattre, tente le coup, quitte à te faire aider par les classiques. L'iceberg est polymorphe et, tel le nez de Cyrano de Bergerac, il peut se décliner en tirades infinies.

Emphatique : « Aucun vent ne peut, iceberg magistral, / Te retourner tout entier, même le mistral. »

Dramatique : « C'est la Mer Blanche quand il fond »

Agressif : « Moi Monsieur, si je croisais un tel iceberg, il faudrait sur le champ que je le dynamitasse. »

Descriptif : « C'est un roc, c'est un pic, c'est un cap. Que dis-je un cap ? C'est une péninsule ! » (Là, pas besoin d'adapter, ça fonctionne pour le pif comme pour les icebergs.)

L'iceberg est insaisissable. Il remplit notre champ de vision et se dérobe à nos regards. Il est partout et nous n'en percevons qu'une infime partie. Pudique, il cache l'essentiel de sa masse sous sa ligne de flottaison.

L'iceberg est classifiable et nomenclaturé. On le nomme *bourguignon* quand il est minuscule, *sarrasin* s'il est émietté. Il est tabulaire, trapu, érodé, biseauté, en dôme ou en pinacle. L'iceberg peut être d'une platitude confondante, criblé de trous, percé comme un tunnel. Tour à tour abrupt, surplombant, skiable, stratifié, luisant ou dégoulinant. On distingue des icebergs pointus, des pointillistes, des icebergs en arche, des icebergs en marche. Des titanesques et des pygmées. Des vieux comme Hérode, des bébés de l'année, à peine érodés. Des immaculés, des acnéiques, des vitreux, des noirs, des bicolores. Certains sont zébrés de résidus terreux ou striés de sable, d'autres baignent dans des reflets turquoise.

L'iceberg, comme le nuage, s'offre au contemplatif qui y décèle ce que son imagination décide. Icebergs en forme de champignon, d'iguane ou de canard. De catamaran, de sous-marin, de Pikachu ou de général de Gaulle.

Je me garderai de leur conférer une âme, je ne suis pas encore suffisamment imprégné par l'animisme inuit. Pour l'heure, je les envisage comme des compagnons de route.

Gardons les pieds sur terre, même si nous n'avons pas les pieds sur terre.

Au final, c'est de l'eau.

De l'eau douce et du mystère.

VII

Un phoque baigne dans l'eau, amarré sous le ponton. Tranquille, il a deux trous rouges au côté droit. Je débarque, sautillant d'enthousiasme, dans mon premier village groenlandais. Rodebay (ou Oqaatsut), une vingtaine de demeures plantées sur une péninsule, à quelques milles d'Ilulissat. Il a fallu avancer dans l'anse en prenant garde aux fonds parsemés de cailloux surprise. Nous avons mouillé devant le village avant de le rejoindre en Zodiac.

Rodebay : des chemins herbeux, recouverts de planches, reliant des maisons multicolores bâties entre les surfaces rocheuses. Pas de rues, pas de voitures. On se déplace en bateau l'été, en traîneau ou à motoneige l'hiver. Les chiens de traîneau, de race Groenland, sont attachés près des habitations et jappent à notre passage. Un séchoir à poissons trône au centre du village. Tout le monde a un bateau, car tout le monde est pêcheur. Sur le seuil d'une maison abandonnée gît une batterie délabrée, avec sa caisse claire et ses cymbales. Peut-être un concert qui a mal tourné. Le *pisiniarfik,* magasin d'État, permet à tout un chacun de s'approvisionner en denrées essentielles (sucre, tampons, munitions). C'est dimanche, il est fermé. Sur un tertre, un unique banc public permet de se pâmer devant le panorama, mer d'icebergs d'un côté, montagnes de l'autre, splendeurs partout.

Le Capitaine est resté à bord pour effectuer de menues tâches de maintenance. Le Peintre file vers les hauteurs, carnet de croquis en main, pour chercher l'inspiration. Le Second, armé de son Nikon, sympathise avec des chiots. C'est la seule forme de vie repérable pour le moment. Le temps est clément, autour de cinq degrés, le soleil brille mais personne ne traîne à l'extérieur. Sous les tropiques, il suffit de se balader dans la rue pour lier connaissance. Ici, il faut pousser des portes pour gagner ses rencontres.

C'est le jour du Seigneur. Je me dirige vers l'église, les portes devraient être ouvertes. J'ai beau être un agnostique à tendance anticléricale, je visite toujours la maison du dieu local quand j'arrive quelque part. Nous sommes sur des terres luthériennes, les Danois ont importé leur religion, qui s'est superposée à l'animisme préexistant pour créer des structures mentales syncrétiques. La petite chapelle est occupée par six fidèles et un pasteur. Il officie en groenlandais, langue que je ne comprends plus quand je suis à jeun. Cierges et néons illuminent l'adoration de Dieu, qui a (peut-être ou peut-être pas) créé cet endroit. Un enfant bâille, les adultes chantent, un baby-foot patiente dans un coin parmi des bureaux d'écoliers. La semaine, le temple sert d'école. Le clergé a longtemps bénéficié du monopole de l'enseignement au Groenland.

La cérémonie tire en longueur. Je suis sur le point de m'assoupir (que celui qui n'a jamais ronflé lors d'une messe en groenlandais me jette la première pierre) quand, enfin, le pasteur remballe sa bible. Je lui saute dessus, il doit être bien informé sur l'âme de ses congénères. Le pasteur ne parle, hélas, pas un mot d'anglais. Il parvient toutefois à m'indiquer la maison d'un dénommé Steeny, anglophone, qui est l'ami d'un ami d'un mec que notre équipage a rencontré la veille à Ilulissat.

Je rejoins le Second vers le séchoir à poissons et nous frappons à la porte d'une maison bleue. Steeny surgit sur le palier, regard plissé, corps svelte, fine moustache et cheveux ras. Je le reconnais, il était assis à côté de moi au temple.

– Bonjour, on vient vous dire bonjour.

– Ha, O.K. Vous voulez une tasse de café ?

Ça n'a l'air de rien comme ça, mais cette phrase porte en elle le poids d'une longue tradition. Le *kaffemik*, réception à domicile autour d'un café et de pâtisseries, joue un rôle central dans la vie sociale. En l'absence de place du village où jouer à la pétanque, et d'arbre à palabres pour commenter l'actualité, on frappe à la porte des voisins. Une bonne maison a toujours une cafetière sur le feu. Chez Steeny, c'est une bonne maison.

Nous nous déchaussons dans le hall encombré d'anoraks et de chaussures. Toutes les habitations sont pourvues de ce sas qui permet, l'hiver venu, de ne pas éparpiller de la neige à l'intérieur. Nous pénétrons dans le salon en bois clair où la petite famille déjeune. Deux enfants avalent leur bol de céréales, l'épouse de Steeny sort des tasses. Un appareil photo traîne sur la table, près du micro-ondes. Un ami de Steeny est avachi sur le canapé, ordinateur sur les genoux, plongé dans le visionnage d'un film de Jackie Chan qu'il a préféré à la messe.

On m'a souvent demandé, en France, si les Inuits vivaient dans des igloos vêtus de peaux de phoque. Non, même dans les villages reculés, les maisons sont équipées avec le confort moderne et ils portent des vestes polaires Nike. Pour être au nord du cercle polaire, on n'en est pas moins au XXIe siècle.

Steeny se demande sans doute ce que nous faisons chez lui. Assis sur le canapé, café brûlant en main, j'explique les raisons de notre présence et la conversation démarre.

– Il y a combien d'habitants à Rodebay ?

La femme de Steeny compte les maisons par la fenêtre.

– Une cinquantaine.

– Il paraît qu'une baleine a été tuée cette semaine.

– Oui, confirme Steeny.

– On peut la voir ?

– Non, il n'y a plus rien, on l'a déjà découpée. On a jeté les os à la mer.

– C'était quel type de baleine ?

– Une baleine bleue[2].

– Vous savez que c'est le plus grand animal ayant jamais vécu sur notre planète ? Plus grand que les plus grands dinosaures.

Parmi mes innombrables défauts, celui-ci figure en bonne place : je ne peux pas m'empêcher de ramener ma science. Ce n'est pas de l'étalage, juste un jaillissement d'enthousiasme. Dans le cas présent, je fais un cours sur la baleine à un chasseur de baleines ; c'est sans doute présomptueux.

Je dois maintenant préciser, à l'attention du lecteur, un point de jurisprudence. Si la chasse commerciale des grands cétacés est interdite, la commission baleinière internationale accorde au Groenland, au titre de la chasse autochtone, un quota annuel de deux cents animaux. La commercialisation, en revanche, est prohibée.

2. Renseignements pris, il semble peu probable qu'il s'agisse d'une baleine bleue (*Balaenoptera musculus*). « Blue whale » désigne plus vraisemblablement une baleine de Minke (ou petit rorqual), une baleine boréale ou une baleine franche.

– On a vu un phoque attaché au ponton.

– J'en ai tué deux hier. Pour nourrir mes chiens.

– Tu en as beaucoup ?

– Vingt-quatre.

– Et c'est bon, le phoque ?

– Oui.

Silence.

Steeny n'est pas volubile. Poli, mais réservé. Est-ce que nous le dérangeons ? C'est possible. Ce type ne nous connaît pas. Est-ce que j'aimerais qu'un Groenlandais débarque chez moi le dimanche matin, à l'heure de Téléfoot ? J'avale une gorgée de café. Jackie Chan distribue des torgnoles. Notre hôte reprend la parole.

– Il faut manger le foie de phoque quand on vient de le tuer. Cru.

– Si l'occasion se présente, pourquoi pas ? Heu, nous, on mange bien des grenouilles.

Il ne comprend pas *frog*.

J'imite la grenouille. Steeny sourit et comprend.

– Il faut en tuer beaucoup pour être rassasié.

– Oui.

Je ne crois pas que nous le dérangions. Il faut s'accommoder des silences qui meublent la conversation sans la gêner. J'évolue encore sur un rythme urbain. Je dois ralentir mon métabolisme pour m'accorder à l'environnement.

– Vous voulez visiter notre *umiaq* ?

Umiaq, c'est le bateau. Le Second a visé juste. Une lueur d'excitation traverse le regard de Steeny. Son ami, peu concerné par la conversation jusqu'à présent, met Jackie Chan sur pause. Ils n'auraient pas osé nous le demander, mais ils se réjouissent à l'idée de monter sur Atka. Notre arrivée n'est pas passée inaperçue. C'est un bateau rare, comme on n'en voit pas souvent par ici.

Vingt secondes plus tard, nous enfilons nos anoraks sans oublier de dire *qujanaq* (merci) pour le café à Madame Steeny. Nous traversons le village jusqu'au ponton ; le phoque n'a pas bougé. Nous détachons le Zodiac et rejoignons le voilier, où le Capitaine accueille nos invités. Échanges d'informations techniques entre professionnels. Moues admiratives. Hochements de tête d'approbation. Atka est un formidable outil pour nouer des liens avec les gens d'ici, qui sont des gens de la mer. Notre *umiaq* ne fait pas que nous transporter à travers les icebergs, il nous ouvre des portes. Il nous permet de briser la glace, dans tous les sens du terme.

Les marins questionnent Steeny sur les possibilités d'hivernage dans cette anse. Rodebay se situe à la bonne distance du monde. Isolé, tout en restant accessible depuis Ilulissat en quelques heures de traîneau. Ce pourrait être un endroit adéquat pour immobiliser le bateau quand, à l'automne, la banquise viendra se refermer sur les hommes. Comme elle le fait depuis toujours. Comme elle pourrait bientôt ne plus le faire.

– Et le changement climatique, vous en pensez quoi ?

Soupir de Steeny.

– Ça ne m'inquiète pas. Je fais confiance aux vieux qui disent que le temps a toujours changé. Quoiqu'il arrive, on s'adaptera. On s'est toujours adapté.

VIII

La vie s'organise à bord, chacun trouve sa place. Le Capitaine et le Second naviguent. Le Peintre les épaule adroitement. Je prépare le café.

J'essaye de me rendre utile, bien que je sache à peine repérer bâbord et tribord. Je ne demande qu'à devenir un bon petit soldat, un humble mousse soucieux d'apprendre en obéissant aux professionnels. Encore faudrait-il que je comprenne de quoi ils parlent, car mes problèmes linguistiques ne se cantonnent pas à la terre ferme. J'entends des phrases étranges et dénuées de sens à mes oreilles, comme « je vais border le génois » (hypothèse : je vais coucher Christophe Colomb), « je lofe de 10 degrés » (je rigole quand il fait frais ?) ou « mets un bout en spare vers le point d'amure des fois qu'on pète une bosse de ris » (aucune hypothèse).

Cela pourrait devenir un problème. Si on me donne une instruction urgente et que je dois vérifier sur Google la signification d'un terme technique, on a tout le temps de couler à cause de moi. D'autant que nous n'avons pas accès à Google. La marine est une maçonnerie, avec ses rites, son vocabulaire réservé aux initiés et je me fais charrier quand je parle de « corde » :

– C'est pas une corde, c'est un bout, corrige le Second.

– Attends, je suis écrivain. Le vocabulaire, c'est mon métier, je peux te garantir que ce truc en fibres tressées est une corde.

Il n'en démord pas.

– Nan. C'est un bout.

– On appelle l'Académie française ?

– Tu as déjà navigué avec un académicien ?

Va pour le bout. Mes camarades ont la gentillesse de traduire les termes que j'ignore. Je note soigneusement mon nouveau vocabulaire nautique et je l'oublie aussitôt. Mon incompétence étant désormais bien établie, je me démène pour ne pas être un poids mort. Je lave les pare-battages (les boudins qui servent à protéger le bateau). Je fais la vaisselle (là, ma compétence est remarquable, alors que les conditions ne sont pas évidentes : le voilier tangue et il faut économiser l'eau). Je prépare des soupes pour les gars qui tiennent la barre sous les embruns. J'apprends petit à petit. Fierté quand je parviens à lover un bout ou à faire un nœud correct avec, toujours, l'appréhension d'avoir commis une bourde qui conduira au naufrage du bateau.

Je commence à trouver mes marques sur Atka. Je me familiarise avec le logiciel de cartographie sur l'ordinateur de bord. Le carré est confortable, je peux y écrire en toute stabilité, vêtu d'un T-shirt, d'un pull, d'un sweat, d'une polaire, d'un anorak et d'un bonnet, à côté du poêle qu'il ne faut pas allumer quand le bateau avance. Je fais des allers-retours sur le pont, où je me laisse envahir par le grand air jusqu'à ce que congélation s'ensuive. Le soir venu, je lis allongé dans ma bannette. Je m'endors sous la protection d'un duvet moins 40 degrés et les nuits sont agréables, même si je suis parfois réveillé par des gouttes glaciales qui suintent sur mon visage depuis le hublot.

Si je suis désormais acclimaté, je reste novice au point d'ignorer l'existence de mots tabous sur un bateau. On m'apprend qu'il ne faut jamais dire...... sous peine de causer un malheur. J'essaye de comprendre les raisons de la toxicité de ce mot anodin désignant un mammifère aux longues oreilles qui mange des carottes – je ne sais même pas si j'ai le droit d'écrire le mot sur un bateau, je préfère opter pour la périphrase. Je crains même d'en avoir trop dit en décrivant cet animal dont le nom scientifique est *Oryctolagus cuniculus* (je prends des risques). Certains marins ne plaisantent pas avec ça. Si tu parles de l'animal qui est toujours en retard dans *Alice au pays des merveilles*, tu peux te faire des ennemis superstitieux. Cela dit, je ne suis pas superstitieux. J'ouvre des parapluies chez moi en passant sous des échelles, tout en caressant des portées entières de chats noirs. Rien à foutre. La superstition, ce sont des fariboles inventées par les hommes pour se faire croire qu'ils avaient une prise sur la fatalité, pour fabriquer un ersatz de sens là où il n'y a que le hasard. On se donne l'impression de maîtriser les événements, ce qui est illusoire. Nous ignorons pourquoi il y a l'être plutôt que le néant, et la seule certitude, c'est que nous allons mourir un jour. Jeter du sel par-dessus son épaule ne change rien au problème. Je comprends le principe, on se dit que ça ne coûte rien, autant obéir à la tradition, toute grotesque qu'elle soit. Mais je suis un type cartésien, donc : lapin (car le mot interdit était « lapin »). Je peux bien le chanter à tue-tête : lapin, lapin, lapin, lapin, lapin, lapin. Je ne me laisse pas enfumer par ces balivernes. Je suis un homme libre, moi. Et je le prouve : lapin.

IX

L'HORIZON EST LARGE et nous sommes seuls au monde. Nul village, nul sillage à portée de vue. Atka a mouillé dans une crique, au lieu-dit Ata, au nord de Rodebay. Perchés sur une colline, quatre petits êtres humains transplantés dans un environnement surdimensionné contemplent le privilège de leur solitude.

Erik le Rouge, qui est venu dans la baie de Disko, a peut-être ressenti quelque chose de comparable en débarquant sur l'île, voici un bon millier d'années. Eirikr Thorvaldson, dit Le Rouge, était un Viking norvégien installé en Islande. Il devait son surnom à sa chevelure de feu, assortie à son caractère un tantinet sanguin. Après une baston ayant mal tourné, la justice le condamna à l'exil. Il partit avec quelques soudards et rencontra cette terre du Nord. Il l'explora durant trois ans, cabotant le long de cette côte occidentale où nous nous trouvons. Erik revint en Islande pour promouvoir sa découverte que, bon publicitaire, il baptisa *Grønland*, la terre verte. C'est-à-dire le nom que nous employons actuellement, alors que les Groenlandais préfèrent *Kalaallit Nunaat*, le pays des gens. Terre verte, l'appellation était sûrement un poil survendue, mais il faut savoir que l'époque était plus chaude, et le sud de l'île plus fertile qu'aujourd'hui.

Autour de 985, Erik arma une flotte d'une trentaine de drakkars et environ 500 Vikings le suivirent dans l'aventure pour créer la première colonie européenne du Groenland. On s'installa au sud, on bâtit des fermes sur les pâturages favorables des fonds de fjords, on éleva des chèvres, on chassa le phoque et on maintint le contact avec la « métropole ». Personne n'habitait cette partie de l'île.

Vers l'an 1000, le fils d'Erik, Leif, partit explorer les environs, vers l'ouest. Il accosta une terre qu'il baptisa Vinland, connue aujourd'hui sous le nom de Terre-Neuve. C'est ainsi que les Vikings débarquèrent en Amérique, cinq siècles avant Christophe Colomb. Ils oublièrent de la dévaster méthodiquement comme le firent les Espagnols par la suite (comme quoi, on dit pis que pendre des Vikings, soiffards casqués et violeurs jamais aussi satisfaits qu'après un bon vieux pillage, mais ils n'ont pas eu l'idée de génocider les indigènes du Nouveau Monde, eux). Les Vikings iront, plus tard, faire un tour au Labrador et au Québec mais ne s'attarderont pas, probablement effrayés par l'accent des indigènes. Ils ne s'établirent pas en Amérique, préférant faire fructifier leurs établissements du Groenland, qui commerçaient avec le continent européen. Les Vikings dealaient des peaux, des défenses de morse et de narval, mais aussi, d'après les registres de commerce, des ours polaires vivants, ce qui atteste d'une certaine bravoure. Soucieux du salut de leur âme, ils bâtirent des églises, firent venir des évêques et versèrent leur dîme à Rome. La vie était rude et violente, mais les établissements vikings prospérèrent jusqu'à compter 5 000 habitants.

Au Moyen Âge, le sud du Groenland est donc une terre européenne et chrétienne. Pendant ce temps, en Chine, la deuxième dynastie Jin prend le pouvoir et Marco Polo n'est pas encore né. Pendant ce temps, au Proche-Orient, chrétiens et musulmans guerroient pour le contrôle de Jérusalem (heureusement, tout va mieux dans la région aujourd'hui).

Puis la colonie viking s'éteignit. Elle sombra, vers le début du XVe siècle, dans des conditions longtemps obscures. On ne vint plus du continent. On oublia l'histoire de ces cousins européens du Nord. La civilisation viking du Groenland avait vécu. Il faudra attendre quelques siècles pour que des baleiniers et des explorateurs peu frileux reviennent dans les parages.

En 2005, Jared Diamond publie *Effondrement*, essai monumental sur la disparition des sociétés. Il y étudie et compare plusieurs cas de civilisations ayant périclité, des Mayas aux Anasazis en passant par nos Vikings du Groenland. Il identifie les causes qui se combinent pour provoquer les extinctions de populations. Dans le cas des descendants d'Erik le Rouge, elles sont toutes présentes.

Les Vikings ont dégradé leur environnement. Leur sol s'est érodé avec le surpâturage et ils ont déforesté n'importe comment (il y avait des saules et des bouleaux en nombre à l'époque). Pénurie de bois, pénurie de combustible. La pénurie de fer qui s'ensuivit entraîna une infériorité militaire. Car entre-temps, les Vikings avaient rencontré les Skrælingjar, ancêtres des Inuits qui, plus perspicaces, se chauffaient à la graisse animale. Quand il a fallu se friter avec des adversaires armés de flèches et de lances, les Vikings, pourtant valeureux, n'étaient plus à la hauteur. D'autant qu'ils n'avaient pas adopté les techniques de chasse à la baleine et au phoque annelé des locaux, ce qui leur aurait permis d'engranger des protéines utiles au combat.

Les ennuis arrivant rarement seuls, un refroidissement du climat pénalisa l'agriculture et affecta les communications maritimes avec l'Europe. Une épidémie de peste s'abattit ensuite sur cette population affaiblie. La faim, le froid, la maladie. *Alea jacta est.*

Ces Vikings avaient bâti un équilibre leur permettant de survivre dans les conditions de leur arrivée. Ils n'ont pas su s'adapter quand les conditions ont changé. Les Inuits ont survécu, pas les Vikings.

Si je raconte cette vieille histoire, c'est qu'elle nous enseigne des leçons somme toute assez simples, quoique d'une actualité cuisante. Quand on dévaste la nature et qu'on néglige les sagesses autochtones, on court à sa propre perte.

X

– Vous connaissez *Construire un feu*, la nouvelle de Jack London ?

Le Peintre acquiesce et se lance dans le récit. Dans le Grand Nord canadien, au Klondike, un trappeur marche avec son chien pour retrouver ses camarades. La température tourne autour de moins 50 degrés. À mi-chemin, la glace cède sous son pas. Son pied est mouillé. S'il ne parvient pas à le sécher rapidement, c'est la gelure, l'immobilité, la mort assurée. Heureusement, le trappeur possède quelques allumettes et il construit un feu sous un arbre. Cet abruti n'a pas pensé que la chaleur dégagée ferait tomber la neige posée sur les branches. Elle atterrit sur son feu, qui s'éteint. Adieu, trappeur.

Ça n'a l'air de rien résumé comme ça, c'est pourtant l'un des textes les plus puissants que je connaisse. La précision de son écriture résonne avec le sens de son propos. Dans les conditions extrêmes, la survie, comme le diable, se niche dans les détails.

Penchés sur le sol, les marins approuvent. Nous récoltons brindilles, herbes sèches et petits bouts d'arbustes pour lancer notre propre flamme. Ce soir, plutôt que de faire cuire des nouilles sur la cuisinière du bateau, nous organisons un barbecue de baleine au grand air, avec un petit filet de cétacé dégoté la veille. Nous avons récupéré un carré de gras de la même baleine flottant dans l'eau à Rodebay, un morceau échappé du dépeçage de la bête. Je le coupe en fines tranches qui serviront à alimenter le brasier, comme le faisaient les Inuits, comme ne le faisaient pas les Vikings. Le Capitaine récolte des galets plats qui feront office de plats de cuisson, technique utilisée depuis la préhistoire. Le Second, à genoux, souffle délicatement sur la braise. Le Peintre, après avoir emballé des patates dans du papier aluminium, ouvre une bouteille de vin.

Tout est en place. Le feu créé par des hommes offre un contrepoint au soleil envoyé par Dieu (ou apparenté), qui traîne sans fin sur la ligne d'horizon pour figer le temps et lui conférer une texture inédite. L'instant présent s'étoffe, il devient plus consistant.

– Quelle heure il peut être ?

– Alors ça, mon gars, j'en ai vraiment rien à foutre.

– T'as raison. Pourquoi je demande ça ? Je suis vraiment con.

À portée de vue, Atka veille sur notre réunion.

– Il n'y a pas mieux qu'un voilier.

– Quand t'es à terre, oui. À bord, c'est des contraintes.
– C'est comme un bébé, un voilier. Faut toujours s'en occuper.
– La liberté, ça coûte toujours quelque chose.
– C'est pour ça que c'est beau, d'ailleurs.

Dans la pénombre qui se déploie, on ne sait plus qui parle. Je jette un bout de gras, le feu crépite. Un filet grésille sur son galet.

– Ta tranche de baleine est à point.
– Mets du sel.
– C'est bon, la baleine.
– C'est bon mais c'est plein de cochonneries. La pollution océanique s'accumule en Arctique et corrompt toute la chaîne alimentaire, du plancton aux grands mammifères marins.
– Vous savez que dans certains villages du Groenland, l'allaitement a été interdit ? Parce que le lait maternel est toxique.
– J'ai beau chercher, je ne vois rien de plus triste que ça.
– Passe-moi la bouteille.
– N'empêche, c'est bon, la baleine.

Tapies dans l'obscurité, des falaises de glace écoutent nos conversations, ponctuant nos murmures de leurs craquements respectables. Dans ces conditions lumineuses, les âmes gagnent en porosité. Une proximité s'installe entre quatre personnes qui se connaissent à peine. On se laisse infiltrer par les lieux qui nous accueillent.

– Je ne me sens chez moi que dans la nature.
– Moi, une fois, j'ai mangé du rat.
– Et moi du serpent.
– Les patates sont carbonisées.
– Je mangerais bien de l'homme.
– Pas moi. C'est ma limite.
– Pourquoi ? On est de la viande. Je ne crois pas qu'on soit supérieurs aux autres animaux.

Une blague de régiment fuse. Le feu faiblit, il est ranimé d'un souffle.

– On a quand même quelques arguments sur les autres espèces vivantes.
– Tu trouves ? Regarde les albatros. Ils peuvent voler sans toucher terre pendant sept ans. Leurs parades nuptiales sont plus complexes que les nôtres. Et ils sont fidèles pour la vie. Alors la supériorité humaine…
– Je n'ai rien contre les albatros, mais nous, on a quand même inventé l'humour et le génocide.
– Les rats ont de l'humour. J'ai lu une étude là-dessus.
– Et les moules, elles se génocident ?

Un marin pète. Un iceberg se renverse.

– Le monde des hommes ne m'intéresse plus. J'attends la fin de l'ère industrielle.
– Peut-être qu'elle a déjà eu lieu.
– Ouais.

– Il est beau ce feu.
– Mais regardez où on est, les gars.
– C'est quand même un drôle de truc, la réalité.

XI

NOUS SOMMES CERNÉS. Ils sont des milliers. Le paysage s'est densifié au fil des heures de navigation ; nous affrontons des meutes d'icebergs. Nous approchons de leur berceau, le glacier Eqi.

Ils sont devant, derrière, tout autour. Partout. Même au-dessus. Ils nous toisent, sûrs de leur force, culminant à des hauteurs trois fois supérieures à celle de notre mât. Ces gros bébés nous semblent hors de proportion, ils sont pourtant ridicules comparés à d'autres spécimens observés de l'autre côté de la planète. En Antarctique, on a répertorié un bloc de 11 000 km^2. Un poil plus grand que la Corse.

Et dire qu'on n'en voit pas le quart. L'iceberg, aussi imposant soit-il, est une entité secrète dissimulée au regard humain. Comment flottes-tu, mon grand glaçon, alors que 90 % de ton corps est immergé ?

C'est grâce à la poussée d'Archimède. Celle-ci étant égale (en norme) au poids du volume de liquide déplacé (équivalent au volume immergé V_i), on peut écrire :

$\rho_l V_i g = \rho_s V g$.
Le volume immergé vaut donc :
$V_i = (\rho_s/\rho_l)\ V$
Si le solide flotte, $V > V_i$ et il s'ensuit que $\rho_s < \rho_l$

Le paragraphe précédent démontre scientifiquement les limites de la science, incapable d'interpréter les allégories que nous offre la nature.

L'iceberg nous renvoie des miroirs multiples. À la fois limpide et complexe, il reflète les énigmes qui nous constituent. Freud utilise l'iceberg comme métaphore du psychisme, la partie immergée représentant notre inconscient, baignant dans la mer de l'inconscient collectif. Quels rêves, quels fantasmes se cachent sous la ligne de flottaison ? Comme eux, nous restons invisibles à l'œil nu.

L'iceberg se tient à portée de notre main et il nous échappe. C'est un symbole du voyage en surface. De la connaissance. De la vie. De tout ce que vous voulez. De rien du tout, aussi. On est tout à fait en droit de le voir comme de l'eau congelée. Ce n'est pas faux. C'est juste dommage.

Nous sommes quatre garçons dans le vent, anoraks aux cols remontés pour contrer la fraîcheur de l'air. Mes camarades, qui en ont vu d'autres, sont comme moi, pétrifiés par le spectacle. Personne n'est préparé à subir un tel assaut de beauté.

Nous avançons au moteur, lentement. Le Capitaine tient la barre, le Second, debout sur la proue, le guide pour anticiper le cap. Le Peintre chante du Julio Iglesias, ce qui a pour effet de faire apparaître quelques baleines à bosse. Un souffle à bâbord. Deux autres à tribord. Une mère et son petit. Elles apparaissent et replongent, privilège qui leur permet d'apprécier les icebergs sous toutes leurs coutures, dans leur entièreté.

Nous sommes accompagnés par une escouade de cétacés venus perfectionner notre carte postale. (Cela me rappelle que j'ai une carte postale d'ours polaire au fond de mon sac. Je la posterai quand je trouverai une boîte aux lettres, dans quelques semaines.)

Ces baleines batifolent sans méfiance. Elles ne semblent ni craintives, ni rancunières. À moins qu'elles ne nous imposent leur ballet pour nous culpabiliser d'avoir mangé leur congénère. Un petit remords m'étreint et trouble ma digestion alors que le glacier apparaît.

XII

PAUL-ÉMILE VICTOR a vécu dans cette cabane. Une jolie cabane de bois rouge, branlante et rafistolée, bâtie en 1948, quand les Expéditions polaires françaises installèrent ici leur camp de base pour mener des campagnes scientifiques sur la calotte. Paul-Émile Victor avait déjà traversé l'inlandsis dix ans plus tôt et il savait choisir ses positions avec un goût très sûr. Nous sommes à une centaine de mètres au-dessus de la mer, avec vue sur le glacier Eqi, une usine à icebergs de quatre mille mètres de large et d'une hauteur que je ne parviens pas à évaluer. C'est un tentacule du Léviathan de glace qui recouvre le Groenland. La calotte est invisible d'ici. Elle ne se cache pas bien loin, on la sent, à quelques kilomètres, derrière ces reliefs. Autour de la cabane, une quinzaine de bungalows et un Café Victor accueillent quelques touristes en été et ne parviennent pas à gâcher la magie du lieu.

J'arrive avec mon sac à dos et mon Peintre alors que les marins sont restés à bord pour veiller sur le voilier.

Je ne compte pas traverser l'inlandsis. Mes ambitions restent modérées, je voudrais simplement atteindre sa bordure, le caresser. Six heures de marche, ai-je lu, pour y accéder.

– Plutôt huit ou dix, rectifie le taulier du lodge, un jeune Danois venu nous saluer.

Le Peintre fait la moue, l'information compromet notre balade. Le taulier s'étonne de notre présence, s'enquiert de notre moyen de locomotion. Nous pointons Atka, garé au loin. C'est au tour du taulier de faire la moue et de nous prodiguer quelques consignes.

– Vous ne devez pas marcher au bord de l'eau, il faut respecter un périmètre de sécurité d'une vingtaine de mètres. Quand le glacier vêle des gros blocs, de petits tsunamis se forment. C'est très dangereux.

Ça tombe à pic, si j'ose dire, nous nous dirigeons vers les hauteurs. Nous souhaitons vaguement nous débarrasser de ce garçon prévenant ; nous sommes venus pour nous enfoncer dans la nature, pas pour recevoir une leçon de bonne conduite qui, de toute manière, tombe sous le sens. Promis, on ne nagera pas au pied du glacier.

Le Danois insiste.

– Soyez vigilants en mer aussi. Entre le moment où les blocs lâchent et celui où l'onde frappe la côte, il ne se passe que deux ou trois minutes. Vous devriez prévenir vos gars sur le voilier. Il faut impérativement rester en eaux ouvertes.

Atka se tient assez loin du glacier, et pas trop près du littoral, ce qui réduit le risque d'être drossé à la côte (j'étale ici mon nouveau vocabulaire maritime). D'un coup de VHF, nous alertons tout de même le Capitaine. Pour l'instant, tout va bien. Il faudra simplement être prudents au retour, au moment de rembarquer.

L'ascension est douce, nous suivons la piste de Paul-Émile, légèrement vêtus, la peau caressée par un soleil bienveillant. À chaque pas, le paysage dévoile un peu de sa superbe. À chaque mètre, on prend du recul sur un chef-d'œuvre. Après deux heures de marche, Atka n'est plus qu'un point flottant entouré de flocons gelés.

La vie au grand air présente des propriétés proches de celles des psychotropes. On s'extasie sur trois fois rien, la teinte d'un lichen, les pétales d'un épilobe, l'incroyable profondeur du tapis molletonné des mousses, le reflet céruléen d'un lac engoncé dans un repli de la montagne. Le silence nous enveloppe, pour nous faire entendre la musique délicate de l'air vibrant à notre passage. Elle est parfois perturbée par le maelstrom des avalanches dévalant du glacier. C'est l'équivalent de quelques immeubles qui s'effondrent dans la mer. À distance, le son du tremblement de glace, sourd et mat, nous parvient plusieurs secondes après l'éboulement.

Nos conversations zigzaguent avec le sentier. Le Peintre est un conteur affûté, plein de verve, jamais ennuyeux. Il comble les lacunes de ma culture maritime.

Il me raconte Tabarly et Moitessier, dont je connaissais le parcours sans comprendre le génie.

Pendant ce temps, l'inlandsis apparaît, par petites touches, au détour des lacets. Le Peintre nous transporte de l'Arctique aux Caraïbes en relatant son séjour dans une prison de Saint-Vincent, trois décennies plus tôt, pour une pauvre histoire de joint fumé sur la plage. Je confie à mon tour quelques anecdotes exotiques, une nuit dans la jungle népalaise, un épisode illégal aux Fidji. Le Peintre bifurque vers les steppes mongoles où il a emmené ses filles, qui en ont retenu quelques leçons de vie (« Quand tu vas chercher l'eau à deux kilomètres avec un seau, tu vois les robinets différemment en rentrant »). Le temps passé avec le Peintre est précieux. Une génération nous sépare et il partage ses expériences sans jamais endosser la posture vaniteuse du mentor. Il est grand-père, son âme reste imperturbablement adolescente. Cet homme qui a vu et peint les recoins de notre planète reste perméable à l'émerveillement.

Comment faire preuve de vanité devant le désert blanc qui nous domine et nous contraint à l'humilité ? La calotte nous attend, séduisante et inaccessible. « Venez les gars, venez », semble-t-elle murmurer, telle une sirène gelée. La sirène a attiré bien des hommes. Avant Paul-Émile Victor, l'explorateur norvégien Fridtjof Nansen avait ouvert la voie dès 1888, lors d'une expédition mythique, la première à traverser le pays, d'est en ouest, en 49 jours. D'autres ont été engloutis en tentant l'exploit.

Les Inuits, eux, ne vont pas sur l'inlandsis. Ils savent que ce n'est pas le territoire de l'homme. Ni des animaux. Selon les croyances locales, c'est le royaume des Qivitoqs, des esprits maléfiques. Il faut des forces surnaturelles pour habiter sur trois mille mètres d'épaisseur de glace.

Sur la calotte, la vie est, si ce n'est impossible, condamnée à l'éphémère. L'inlandsis, on peut le franchir, pas s'y installer. Certains ont essayé. Dans les années 1950, l'armée américaine a construit Camp Century, une base digne de *Star Trek* au nord du Groenland. C'est la guerre froide, l'URSS est à deux pas, de l'autre côté du pôle Nord. On positionne des radars, on enfouit un réacteur nucléaire dans la calotte et on se prépare à l'apocalypse. L'expérience est de courte durée. Les mouvements de la glace menaçant les fondations de la base, elle est abandonnée en 1967. Malgré sa puissance technologique et financière, l'armée américaine recule devant la nature.

Le soleil commence à décliner, il faudrait que nous songions, nous aussi, à descendre. Nous dégringolons la pente en roue libre, le pas léger, fatigués à point pour que nos perceptions se dilatent. Nous jonglons entre l'onirique du panorama et le palpable du sol. Les heures passent et les lumières changeantes diffusent le spectacle du renouvellement continu de la splendeur. Nous ne sommes pas encore tout à fait habitués à ces journées qui s'étirent comme si elles refusaient d'abdiquer, rejetant leur propre mort.

Le retour au bateau est aussi celui du réel. Des rouleaux déferlent sur la plage, non loin de l'endroit où le Zodiac nous a déposés ce matin. Des rouleaux, j'en ai déjà vu, et des costauds encore. Mais des rouleaux qui charrient des blocs gros comme des camions qui s'entrechoquent au hasard, c'est un autre chaos. Être pris là-dedans, c'est la fin. Nous comprenons maintenant l'empressement du taulier du lodge.

Pour le moment, nous sommes assez loin de l'eau, en sécurité.

Il va néanmoins falloir descendre et s'exposer pour regagner le voilier. Il nous faut franchir l'estuaire d'une rivière, comme nous l'avons fait à l'aller, pour accéder au point d'embarquement. Son niveau a monté depuis ce matin. Les températures, elles, ont baissé. Il n'y a plus de gué. Impossible de franchir le torrent à sec. Nous sommes en zone tsunami, à découvert. Il ne faut pas traîner ici. Si un gros pan du glacier cédait maintenant, la vague produite pourrait mettre nos petites existences en péril.

Deux options.

Traverser tout de même pour rejoindre la petite crique protégée et lointaine où le Zodiac pourra venir nous chercher sans difficulté. Ce qui implique de se mouiller les pieds et de marcher longtemps dans le froid. Comme dans la nouvelle de Jack London.

Ou se faire cueillir ici, de ce côté de la plage, où il sera malaisé d'accoster pour le canot pneumatique, vu le peu de fond. Et où il ne faut vraiment pas traîner.

Après consultation des marins par VHF, nous nous accordons sur cette solution. Debout, face à la mer, avec un œil constant sur le glacier, nous nous préparons à détaler vers les reliefs en cas de craquement. Il faudrait courir sur environ 200 mètres, sur un terrain accidenté, puis grimper suffisamment haut pour éviter la vague, en quelques poignées de secondes. C'est long, les minutes d'incertitude.

Le Zodiac se rapproche, le Second aux manettes. Nous sautons dans l'embarcation en quatrième vitesse. Je me souviens que la seule fois où j'ai failli mourir, c'était sur un Zodiac. Nous nous éloignons rapidement de la zone rouge, trempés par le clapot et la sueur, en méditant ce dicton local : *Siku kisimi.* Seule la glace décide.

XIII

J'ai une tasse de café à la main, sur un voilier, dans le soleil couchant, devant un glacier, au Groenland. Tout va bien.

Mes acolytes s'agitent, tendus. Tout ne va pas si bien.

Cette zone est instable, les fonds trop hauts, le glacier menaçant et les icebergs trop nombreux. La vigilance doit être constante ; les conditions sont peu propices pour passer la nuit au calme. Le Capitaine est d'avis de partir, malgré l'heure tardive et l'obscurité qui vient, pour chercher un mouillage moins pourri.

Il fait presque nuit, nous ne savons pas où nous allons, nous sommes des SDF de la mer, sales et fatigués, errant à la recherche d'un abri pour dormir en sécurité. Quelques milles plus loin, nous tentons un ancrage qui s'avère peu concluant. En bon ignorant des flots, je n'avais aucune conscience de la complexité de ces manœuvres. Il faut prendre en compte la nature du fond, les caprices du vent, établir des calculs incluant la taille du bateau, l'éloignement de la côte et la longueur de la chaîne. Les marins ont l'air soucieux, ils remontent l'ancre et repartent, de nouveau, dans la nuit, vers l'inconnu.

Atka se faufile entre des chapelets d'îlots. La lune surgit pour couronner un sommet. Nous avançons prudemment, à deux nœuds, en tâtant le terrain. La lune disparaît aussi vite qu'elle est apparue. Le sondeur indique cinq mètres, les fonds remontent. Il passe brusquement à deux mètres. Cet appareil doit déconner, me dis-je au moment où retentit un grand raclement qui annonce de mauvaises nouvelles, puis un deuxième, qui les officialise. Le bateau avance à zéro nœud. Il penche. Nous sommes échoués sur des rochers. Il est minuit et demi, loin du monde, et il fait froid.

XIV

Ça ne m'arrange pas du tout de mourir aujourd'hui.

Je n'ai même pas quarante ans. Je n'ai pas pensé à faire de testament. Et j'ai un livre à écrire, je n'aurai jamais terminé dans un quart d'heure – le temps qu'il faut pour passer l'arme à gauche dans l'eau gelée. Je pense au jeune Leonardo Di Caprio sur sa planche, retenu d'une main amoureuse par Kate Winslet. Neptune, Poséidon, j'ai un enfant en bas âge, soyez indulgents sur ce coup-là.

J'ai peut-être commis une imprudence en négligeant les règles de bienséance maritime, en utilisant le mot lapin de manière effrontée. Je n'ose plus le dire. Comment inverser le cours de l'histoire ? Si je prononce le mot à l'envers autant de fois que je l'ai prononcé à l'endroit, est-ce que ça annule la malédiction ? « Nipal, nipal, nipal » (je suis doué pour parler à l'envers instantanément, je peux débiter des phrases entières. C'est une aptitude plutôt rare et totalement dépourvue d'utilité, si ce n'est d'attester d'une vitesse de fonctionnement du cerveau remarquable).

Le bateau est coincé en position instable. Les trois loups de mer s'activent, fébriles. Le stress est palpable. Le Capitaine est en train de faire un truc avec des cordes (pardon, des bouts). Le Second met le Zodiac à l'eau. Gestes précis, rapides, ordonnés. Je lui envoie un gilet de sauvetage.

– Choque ce bout en grand et aide-moi à faire gîter le canot, me hurle le Peintre.

– Quoi ? Parle en français, bordel.

– Fais comme moi.

Il s'accroche à la balustrade, le corps à l'extérieur du bateau pour le faire balancer afin d'aider à la manœuvre de dégagement. Je l'imite. Je me pends, de tout mon poids, au-dessus de l'eau noire. Je m'interroge sur la validité de la loi de Murphy, dite de l'emmerdement maximal, qui veut qu'une situation foireuse tende à empirer de manière exponentielle. Si elle se vérifie, je devrais tomber à l'eau, hypothèse pas tout à fait improbable.

Le Second enfourche le Zodiac, opère une marche arrière et vient se placer contre le flanc tribord, guidé par le Capitaine. Il met les gaz pour cogner contre le voilier. Il pousse d'un côté, nous tirons de l'autre, nous secouons la bête. Après quelques essais, Atka vacille et se dégage. Le bateau n'est plus échoué. Le Second en fait le tour pour constater les dégâts. Pas de casse apparente. Je ne suis pas tombé à la flotte.

Nous ne sommes pas tirés d'affaire pour autant. Il n'est toujours pas possible de mouiller ici, où les pièges sont nombreux et invisibles.

Les marins décident de laisser dériver Atka en attendant que le jour se lève pour clarifier la situation. Les Bretons se relaieront pour prendre les quarts. On me trouve une utilité. Armé d'un projecteur, je veille à la proue, yeux de lynx rivés sur l'eau pour repérer les rochers qui pourraient nous planter de nouveau. Quelques minutes plus tard, le sondeur indique des fonds moins hauts. Le danger immédiat semble écarté. L'adrénaline retombe.

J'allume une cigarette, rejette la tête en arrière et ferme les yeux. Je souffle la fumée et quand mes yeux s'ouvrent, elle a envahi le ciel. Mes volutes se dissipent et de grandes traînées verdâtres et mouvantes zèbrent toujours la nuit. J'accueille ma première aurore boréale.

On ne s'étonnera pas que les peuples nordiques se soient adonnés aux cultes des esprits. La nature leur envoyait des pyrotechnies inexplicables, car les notions de vent solaire et de frottement électromagnétique n'étaient pas aisément compréhensibles sans le secours de la science. Il fallait de l'imagination pour trouver du sens à ces manifestations célestes. D'après les légendes finlandaises, les aurores boréales seraient dues au renard polaire qui, en gambadant, soulèverait avec sa queue des nuages de poussière neigeuse finissant par décorer le ciel. Les Inuits du Groenland, eux, pensaient que les âmes des morts jouaient à la balle avec des crânes de morse (pardon ?). À l'est du pays, quand les teintes tournaient au rougeâtre, elles étaient considérées comme le reflet de l'âme des enfants mort-nés.

De mon côté, je constate un enchaînement déroutant entre l'angoisse des minutes précédentes et le cadeau de ma première aurore boréale. La promesse de l'enfer suivie d'une vision paradisiaque. Mon naturel cartésien refuse d'y voir un signe. Mon penchant agnostique ne s'interdit pas d'y voir une manifestation du créateur.

XV

La nuit a été longue, sans sommeil. La nuit a été courte, avec ce soleil qui revient quatre heures après s'être couché. Le matin nous cueille avec un bonheur simple, l'apparition d'un village. S'il y a un village, il y a un mouillage. À en croire la carte, nous arrivons à Qeqertaq. Un des Qeqertaq. Des dizaines d'occurrences de ce toponyme peuplent la carte. Qeqertaq signifie « île », et elles pullulent le long des côtes déchirées de la région. Celle-ci a le bon goût géographique de se situer précisément à 70 degrés nord.

Le Peintre se lèche les babines ; le paysage est au-delà du croquignolet. Îles surplombées de montagnes et entourées d'icebergs mobiles modifiant à chaque seconde la composition de la nature. Puissant contraste entre le jaune, le bleu, le rouge des maisons et les sombres nuances de la terre. Vision idyllique à peine altérée par les immenses citernes contenant le combustible nécessaire au passage de l'hiver.

Nous sommes accueillis par les hurlements des chiens et les *aluu* des gamins papillonnant autour d'une balançoire, d'un tourniquet et d'un petit manège à bascule, qui en France prend souvent la forme d'un cheval, mais ici celle d'un phoque. Quand vient l'hiver, ces enfants font du toboggan sur les blocs pris par la banquise.

La présence de l'aire de jeux montre que le service public fonctionne dans les endroits les plus lointains. À Qeqertaq, il y a des poubelles, de l'électricité, une école, une maison commune. Un héliport sommaire (un H tracé à la chaux sur un terrain plat) permet les évacuations en cas d'urgence. Pas de route, bien sûr, mais un ferry venu d'Ilulissat effectue chaque semaine sa tournée de la baie de Disko. Comme dans toutes les communautés, un *pisiniarfik* permet de se fournir en carottes, croquettes pour chiens et sous-vêtements affriolants, sous l'œil de caméras de vidéosurveillance nous rappelant la victoire de Big Brother jusqu'aux confins du monde.

Des enfants sortent du magasin en se goinfrant de glaces plantées sur des bâtonnets. Je ne peux pas m'empêcher de remarquer que ce sont des Inuits qui mangent des esquimaux. Les sucreries, inconnues avant l'arrivée des Européens, sont consommées sans modération, comme le prouve souvent l'état des dents groenlandaises. Les mômes sont équipés de pistolets factices. Je les salue et ces jeunes fourbes me tirent dessus sans sommation.

Je me tiens la poitrine, tourne sur moi-même dans un râle ultra réaliste et m'effondre. Les gamins exultent et recommencent la fusillade, une dizaine de fois, sans se lasser de la pantomime.

Dans le petit port, des pêcheurs rangent leurs filets, exercice de méticulosité quotidienne, éternellement répété. Sur le ponton, un homme vêtu d'une combinaison rouge manipule le corps d'un phoque tout juste abattu.

AVERTISSEMENT : La scène qui suit est susceptible de heurter certaines sensibilités.

Le chasseur installe la bête sur le dos, découpe sa peau avec soin, la met de côté. Il lui ouvre le ventre, s'empare des entrailles qu'il balance à la mer. Tranche la viande, qu'il amasse dans une grande bassine. En un quart d'heure, il ne reste plus qu'une carcasse de phoque et une mare de sang autour de laquelle les enfants viendront jouer sans même la remarquer.

Brigitte Bardot n'apprécierait pas ce spectacle. Dès 1977, l'actrice et militante française se lance, au côté de Greenpeace, dans ce qu'elle appelle « le combat de sa vie ». Elle embrasse des bébés phoques sur la banquise canadienne, remue ciel et terre pour faire interdire leur chasse et obtient des résultats. Son lobbying auprès des institutions internationales fait chuter les exportations de peaux, affectant ainsi l'économie du Groenland, appauvrissant les gens, alors que le phoque n'est pas une espèce menacée. Bannir la chasse au phoque au Groenland, ce serait interdire aux Chinois de cultiver du riz. Dans un pays sans agriculture et sans industrie, la chasse et la pêche ont toujours été la base de la survie. Durant des siècles, les Inuits ont bâti une civilisation du phoque. C'est un pan de leur identité. Sans phoque, pas de nourriture, pas de vêtements, pas d'éclairage. Sans phoque, pas d'Inuits.

Mettons-nous dans la peau d'un Groenlandais. Votre île a été colonisée, votre culture disloquée, votre environnement souillé, et une actrice qui n'a jamais eu faim veut interdire une activité qui nourrit votre peuple depuis la nuit des temps. (À titre personnel, je n'apprécierais pas qu'une actrice groenlandaise m'engueule parce que je mange du pain – alors que, je le rappelle, la baguette n'est pas menacée de disparition.) Est-il besoin de préciser que Brigitte Bardot n'est pas très populaire au Groenland ?

Mon chasseur essuie ses lunettes tachées de tripes de phoques. Il s'empare du foie, en coupe une bonne tranche et l'avale aussi sec. Un filet sanguinolent coule sur son menton satisfait. Ce n'était donc pas une blague pour touriste, cette histoire de manger le foie cru pendant le dépeçage. Le chasseur relève la tête, sourit et m'interroge du regard.

Nous y voilà.

Sa main tend un bout de foie frétillant.

Il ne faut jamais refuser l'hospitalité des locaux. Je le remercie, *qujanaq*, pour gagner quelques secondes.

Le chasseur attend. Je tergiverse. Mon cerveau bouillonne pour établir une stratégie de diversion. Je ne me vois pas glisser discrètement la viande dans ma poche et partir en sifflotant, l'air de rien. Je pourrais tenter « Ho regarde, derrière toi, un ours polaire » avant de partir en courant, mais cette ruse est éculée chez les Inuits. Fuir à la nage ? Mort assurée. Non, je suis bel et bien coincé. Acceptons notre destin.

Je croque le foie. Mâche prudemment. La matière est spongieuse, gluante, salée, dégueulasse. Déglutition. Mon ami semble heureux.

Je fais appel à toute ma politesse pour dire *mamaq* (qu'on peut traduire par « miam ») en levant le pouce, bien que mon for intérieur hurle « beuuurghk » (bruit du vomi). La beauté de l'échange culturel vaut bien un petit sacrifice stomacal.

J'aide ensuite mon camarade à remonter sa bassine pleine de viande de phoque jusqu'à sa maison verte. Le sens de l'entraide est un impératif de la survie en milieu hostile. Puis il me ramène sur Atka d'un coup de barque. Nous nous serrons la main. Il n'a pas prononcé un mot.

Le bateau a été envahi par une bande de pirates. Un gang d'Inuits âgés de six à douze ans piaille sur le pont. Ils sont venus avec leur canot gonflable, une sorte de jouet de plage made in China, et ont ramé une centaine de mètres, entassés à cinq ou six, pour rejoindre le voilier. Personne ne les surveille alors qu'ils ne savent pas nager, car personne ne sait nager dans la région. (Où apprendre à barboter ? La température de la mer n'autorise pas la baignade et, d'après mes informations, il n'y a qu'une seule piscine au Groenland, à Nuuk. Les Inuits, peuple maritime inventeur du kayak, ne mettent jamais un pied dans l'eau.) D'un point de vue occidental, c'est de l'inconscience. Mais les conceptions éducatives ne sont pas tout à fait les mêmes que chez nous. Ici, les enfants sont rois et la tradition est permissive, parfois jusqu'à la négligence. En me promenant dans le village, j'ai croisé deux personnes âgées de cinq ans qui fumaient une clope sans que ça n'émeuve personne. Quand vient l'adolescence, le choc est rude. Finie la liberté enchantée de l'enfance, place à la vie réelle, qui s'avère contraignante. Combinez ça avec le manque de perspectives d'avenir et les bouleversements identitaires d'une société en mutation et vous obtenez un taux de suicide dramatiquement élevé chez les jeunes, surtout en ville.

Les gamins de Qeqertaq, eux, sont joyeux, débrouillards et pas farouches. Nous sommes exotiques à leurs yeux, même s'ils voient parfois passer en été d'autres *qallunaat* (des blancs) pagayant en petits groupes sur leurs kayaks. Notre kayak à nous est plus attractif. À bord, les enfants sont fascinés par les croquis du Peintre représentant leur village. Ils adoptent notre maestro, qui utilise ses meilleures grimaces pour les faire marrer. Je leur confie mon appareil photo, que je récupère une heure plus tard alourdi d'une centaine d'images. Le Capitaine assoit sa popularité en sortant des paquets de biscuits. Un tourbillon d'enthousiasme fait tanguer Atka. Nous nous sommes adoptés mutuellement.

Qeqertaq est accueillante, nous allons passer un peu de temps ici. Ce village ne semble pas malheureux. L'emplacement est paradisiaque, l'environnement sain. C'est une communauté réduite, à l'écart du monde. La vie sociale n'est pas fracassée par l'urbanisme bétonné. Aucun débit de boissons n'engendre les loques avinées qu'on peut rencontrer ailleurs. L'isolement a du bon. À Qeqertaq, on n'est pas riche, mais on n'a pas besoin de l'être, car on ne manque de rien d'essentiel.

XVI

On trouve deux commerces à Qeqertaq. Outre l'incontournable *pisiniarfik*, une échoppe rudimentaire propose des biscuits apéritifs de marque Tuc, des crucifix, des jeux de cartes Penthouse et du Nutella. (Même si, du fait des températures, la pâte est dure comme du roc.) La patronne est une jeune grand-mère au sourire avenant. Cheveux courts, lunettes et bonnes joues, suivant la physionomie féminine la plus répandue. Elle s'appelle Hanne et elle parle anglais.

– Vous auriez un moment pour me parler de la vie à Qeqertaq ?

– Bien sûr, mais pas tout de suite, il faut que je m'occupe de la boutique. On peut se retrouver chez moi dans une heure.

– D'accord.

– C'est la maison blanche en haut du village. Tu peux y aller maintenant, la porte est ouverte.

Je suis vautré sur le canapé cuir, en chaussettes, chez des gens que je ne connais pas. J'essaye de transposer la situation à Paris : j'entre chez l'épicier en demandant « salut, tu voudrais pas me raconter ta vie ? », il me répond « pas de problème, tiens voilà les clés, installe-toi chez moi, on se retrouve tout à l'heure ». Inconcevable.

Cet intérieur est douillet. Écran de télé géant, ordinateur posé sur la table au milieu d'un tas de paperasses éparpillées, photos des enfants et petits-enfants encadrées, décoration en kitsch local (canevas de kayak, croûtes représentant des soleils couchants sur icebergs, médailles de concours, vitrines à bibelots religieux, pendule en forme de Groenland). Le chauffage, comme dans toutes les maisons, est poussé à fond. On frôle les 25 degrés. Les Groenlandais vivent dans un choc thermique permanent.

Par la fenêtre, on voit du linge étendu sur un fil. Les vêtements multicolores flottant au grand air frais devant les montagnes donnent à la scène une allure tibétaine. Une motoneige attend l'hiver sous une bâche, à côté d'un moteur de bateau et d'un traîneau, sous le regard des chiens attachés qui doivent s'ennuyer ferme durant les mois d'été.

Hanne revient chez elle sur le quad piloté par son époux. C'est un couple aisé à l'échelle locale, malgré la modestie de leur boutique. Ils vivent dans la plus haute maison du village et leur baie vitrée donne sur des paysages dont il faut profiter quand ils sont visibles.

– L'hiver, on ne voit pas le soleil pendant soixante-neuf jours. C'est assez long quand même, explique Hanne en me tendant une tasse de café.

Elle est née à Ilulissat et vit ici depuis vingt-six hivers, depuis son mariage avec Niels qui, sans surprise, est pêcheur. À Qeqertaq, on taquine la morue et le flétan qui sont conditionnés dans l'usine du village avant d'être exportés. L'activité fluctue en fonction du climat. Le temps change et la vie avec.

– Dans les années 1980, on était pris par la banquise d'octobre à juin. Maintenant c'est de janvier à avril.

Ce que Hanne constate en bas de chez elle, les scientifiques le mesurent. En Arctique, malgré des variations annuelles, la surface et l'épaisseur moyennes de la banquise ont diminué de moitié en un demi-siècle. C'est un bouleversement pour l'équilibre global de la planète qui présente des avantages locaux à court terme. Les périodes de pêche sont plus longues, certains pêcheurs gagnent mieux leur vie. Le changement climatique n'est pas un sujet d'inquiétude pour la plupart des Groenlandais. Beaucoup le considèrent même comme une opportunité.

– Et vous avez des ours par ici ?

– On en a vu un l'an dernier. Mais ça fait quinze ans qu'on n'en a pas tué dans la région.

Le plantigrade est chassé au Groenland, à raison d'une centaine d'individus par an, quota qui n'est pas toujours atteint. C'est la proie la plus noble. Cela peut sembler incompréhensible pour l'opinion occidentale habituée aux images d'ours faméliques et égarés sur une banquise qui part en vrille. Mais cette image est pour le moins réductrice. Un ours maigre sur la glace, après l'hibernation, ça n'a rien d'anormal.

Écoutons l'aventurier Nicolas Dubreuil, un Français qui connaît le sujet puisqu'il a fait du Groenland son pays d'adoption et qu'il croise souvent des ours dans ses expéditions. « Le réchauffement climatique est avéré et inquiétant [...] mais l'ours polaire le symbolise mal. En revanche, moins de banquise, cela pourra signifier moins de phytoplancton, le tout début de la chaîne alimentaire. » Cette situation, qui s'ajoute au problème de la pollution industrielle invisible, menace les poissons, les phoques, les ours, les hommes, tout le monde. « Mais il est difficile de mobiliser les opinions publiques sur le sort du phytoplancton. » Moins sexy. Est-ce une raison suffisante pour canarder les ours ? « Au regard des deux mille cinq cents naissances d'ours par an, la chasse autochtone par les Inuits est loin de représenter une menace pour l'animal », estime Dubreuil. On a raison de s'indigner devant le massacre de l'environnement. Mais on s'indigne de travers quand on cède à la sensiblerie et à l'émotion des images chocs qui dissimulent l'ensemble du tableau.

La faune a représenté, pendant des siècles, le seul moyen de subsistance au Groenland. Avec les évolutions de la société, les réglementations et les quotas imposés, ce peuple de chasseurs est devenu un peuple de pêcheurs. Une mutation économique et surtout culturelle qui a bouleversé le mode de vie traditionnel. Si seule une petite partie de la population vit aujourd'hui du gibier, la plupart des hommes groenlandais pratiquent toujours la chasse. C'est vrai pour les vieux villageois comme pour les jeunes urbains globalisés. On traque le phoque, le renne, le bœuf musqué, le béluga ou le narval. La dimension initiatique n'est pas négligeable, c'est en rapportant de la viande à la maison que les gamins deviennent des hommes. C'est aussi une façon d'entretenir un patrimoine immatériel, même si le chasseur a perdu un peu de son prestige dans la modernité.

Hanne nous confie qu'elle n'approuve pas la chasse à la baleine.

– J'y ai assisté. La baleine pleure quand on la harponne. Ça me rend triste.

Je m'apprête à prendre congé. Hanne se dirige vers le congélateur rempli de viandes diverses et refuse de me laisser partir sans emporter deux beaux filets de morue.

– Une dernière chose. Comment dit-on « chasse » en groenlandais ?

– *Piniarneq*.

– Niels, vous allez à la chasse au phoque bientôt ?

Hanne transmet ma question à son mari.

– J'y vais demain.

XVII

Au début des années 1920, le cinéaste américain Robert Flaherty plante sa caméra chez les Inuits de la baie d'Hudson, dans le nord du Canada. Le film qui en résulte, *Nanouk l'Esquimau* (*Nanook of the North*, en VO), est considéré comme le premier long-métrage documentaire de l'histoire du cinéma. C'est un document ethnologique qui, à travers le quotidien rugueux d'une famille, capte le mode de vie des habitants de l'Arctique. Un peuple sans écriture qui, pour survivre, a développé des compétences époustouflantes, une ingéniosité qui ne peut que forcer le respect. Nanook l'architecte construit un igloo muni d'un simple couteau à glace. Nanook le chasseur débusque un ourson dans son terrier, furète en kayak, fore la banquise et guette le phoque, harpon en main. Nanook le père de famille fabrique un arc miniature pour son fils. Nanook le commerçant vend ses peaux de bêtes au poste de traite, où il découvre l'existence du gramophone. Ce film est un poème sur pellicule, qui fascina le public occidental et contribua à figer une vision préhistorique de l'esquimau éternel, qui était pourtant déjà en train de disparaître dans sa rencontre avec la modernité. Pour l'anecdote, c'est lors des projections de ce film que l'on commença à commercialiser une friandise faite de crème glacée enrobée autour d'un bâtonnet, qu'on baptisa Eskimo.

En 2015, Niels n'a aucune raison de s'emmerder avec un kayak ou un harpon. Dans son bateau à moteur sont allongées deux carabines 22 long rifle rouillées par le sel et rafistolées avec du scotch. Il embarque également un réchaud, un bidon d'eau, un autre d'essence, une bassine. Et un long couteau à glace, seul ustensile commun avec Nanouk, un siècle plus tôt. Niels porte une combinaison intégrale au-dessus de son bleu de travail, un bonnet et une petite moustache qui ponctue une bouille rondelette illuminée par des yeux rieurs. Il a une carrure d'ours et dégage un air bonhomme en toutes circonstances. Il est difficile, si ce n'est impossible, de ne pas ressentir de sympathie à son égard. Niels ne parle pas un mot d'anglais – pas un seul – et il a accepté de nous emmener, le Peintre et moi, dans cette partie de *piniarneq*. Niels connaît les coins à phoques, et contrairement au Français qui ne donne jamais un coin à champignons, le Groenlandais est partageur. Nous traversons le détroit à grande vitesse en direction des îles voisines. C'est le milieu de l'après-midi, les conditions sont optimales, mer plate, ciel bleu, pas de vent.

Le phoque (*puisi*) est abondant. Il se chasse toute l'année et la réglementation est plus souple que pour les autres espèces. Chacun peut prélever sa consommation personnelle. Tout est bon dans le *puisi*. Bouilli et assaisonné aux petits oignons, il donne le *suaasat*, plat national groenlandais. Il permet aussi de préparer le *kiviaq*, constitué d'oiseaux qu'on laisse pourrir dans une peau de phoque cousue, mixture qui a causé la mort de quelques aventuriers trop confiants. La peau d'un phoque se négocie une trentaine d'euros. Les chiens se chargent de rogner les restes. Niels en tue deux ou trois par an, en complément de son activité de pêche.

On se trompe lourdement en imaginant qu'il est aisé de buter des phoques à coups de gourdin sur la banquise. La chasse hivernale requiert patience, méthodologie et résistance au froid – il faut attendre des heures devant les trous de respiration. En l'occurrence, nous sommes en été et il n'y a pas de banquise à cette latitude. Pour dénicher l'animal, il faut scruter la surface de l'eau. Ausculter la trajectoire des oiseaux, qui tournoient au-dessus des bancs de poissons. Débusquer à travers l'écume un petit museau qui barbotera huit secondes à la surface avant de replonger.

Niels, cigarette au bec et carabine en main, aperçoit un animal, à 80 mètres. Mes connaissances ne sont pas encore assez développées pour distinguer au premier coup d'œil un phoque annelé d'un phoque à capuchon ou d'un phoque du Groenland. Niels doit le savoir mais il est occupé à foncer vers sa cible. Il lâche le volant, ajuste, tire debout. Rate son coup. Grommelle. Le chasseur terrestre jouit d'un avantage sur son confrère maritime : le sol ne bouge pas. Sur un canot balloté par le clapot, il faut atteindre une cible lointaine, minuscule et mouvante avec une pétoire déglinguée.

Après quelques tentatives infructueuses, Niels me tend la carabine avec un haussement de sourcil malicieux signifiant « tu veux essayer ? ».

Avant de répondre à cette question, il faut que j'inflige au lecteur un moment de confession psychanalytique.

Mon père est chasseur.

C'est la grande passion de sa vie. Depuis une cinquantaine d'années, dès qu'il en a l'occasion, il se lève au milieu de la nuit pour crapahuter vers les sommets et dégommer un chamois imprudent au petit jour. Mon père ne franchit jamais les portes d'une boucherie, il prélève ses protéines dans la nature. Il a vaguement tenté de m'initier quand j'étais enfant ; je n'ai pas accroché, il n'a pas insisté. J'en garde un beau souvenir de balades en montagne et je conserve, vis-à-vis de la chasse, une forme d'indifférence teintée à la fois d'ironie et de respect. Bref, je n'ai jamais tiré sur un animal. Et je constate, maintenant qu'on me le propose, que je n'en ai pas envie.

Le Peintre, lui, accepte la proposition et arme la 22. Nous guettons, moteur arrêté. De longues minutes s'écoulent dans un silence concentré. Notre territoire de chasse est un miroir aquatique où se reflètent, au loin, des bouquets d'icebergs glissant sous l'astre solaire déclinant. Une chose que je n'avais pas comprise à propos de la chasse : les sens aux aguets renforcent la connexion avec la nature. On se fond en elle, paré à surgir pour jouer notre partition de prédateur.

Un phoque insolent se manifeste et l'homme contemplatif cède instantanément sa place au guerrier. Le Peintre tire, rate une première fois. Une deuxième, une troisième fois. Il jure et trépigne. Le phoque, furtif, ne se laisse pas faire.

Niels me propose à nouveau de tenter ma chance. J'hésite. Je n'ai jamais tiré sur un animal, c'est peut-être une bonne raison d'essayer. Après tout, la chasse est, avec la cueillette, la plus ancienne des activités humaines. Je suis un être curieux en quête d'expériences édifiantes. Vais-je découvrir quelque chose sur moi-même (et la nature humaine, éventuellement) en me reconnectant à nos instincts archaïques ? L'homme primitif en moi, endormi par des décennies de vie citadine et d'accès au supermarché, va-t-il se révéler dans la vérité du froid ? Et puis merde, Jack London chassait le phoque, je dois m'y coller si je veux gagner des points de crédibilité dans ma carrière de baroudeur. Niels fait preuve de générosité en me confiant quelques cartouches, pourquoi refuser son invitation ? Allez, passe-moi la 22, *ikinngut*. De toute façon, je vais rater. Si Niels le Groenlandais manque sa cible une dizaine de fois, comment réussirais-je ?

Un trio de phoques inconscients émerge au loin. Je tire à deux reprises, à contre-jour, calé sur un genou, position plus stable et tout aussi inefficace que celle de mes comparses. Les phoques plongent. Je suis déçu d'avoir raté. Je suis soulagé d'avoir raté.

En un claquement de doigts, cinq ou six heures se sont évanouies sur la mer qui commence à engloutir le soleil. Le temps s'est effondré. Niels fait un geste de dépit souriant, nous rentrerons bredouilles. Nous nous sommes considérablement éloignés de Qeqertaq, Niels bombarde pour rentrer, slalomant à 40 nœuds entre les icebergs. Pas d'abri sur ce bateau, le vent polaire nous fouette sans indulgence. J'ai beau être emmitouflé et encagoulé, je suis en train de me cryogéniser. Je voudrais dire que je n'ai jamais eu aussi froid de ma vie mais ma mâchoire ne répond plus. Mes doigts, malgré les gants de ski, se raidissent. Niels relâche sa course folle, va fouiner dans une trappe, en sort une paire de moufles en peau de phoque, qu'il me tend. On ne fait pas mieux pour se protéger, aucune matière ne peut rivaliser. Mes doigts reprennent vie. Merci Niels. Merci les phoques.

XVIII

Il est ridé, rassis, gris – moche pour tout dire ; il dérive lentement vers Atka. Le soleil baigne Qeqertaq, la journée s'annonce radieuse et il faut qu'un vieux glaçon malveillant vienne troubler notre perfection matinale. Il se rapproche, arrogant et narquois. Ce fâcheux pourrait tout à fait nous heurter ou nous bloquer, si les hasards de sa course le lui commandaient.

Il faudrait déplacer le bateau. Lever l'ancre, trouver un autre emplacement, jeter l'ancre. Une heure de manœuvre, que l'on pourrait utiliser autrement dans ce village, en discutant avec les habitants, en les dessinant ou en mangeant du foie de phoque cru.

Alors comment stopper un iceberg en marche ? Nos deux vaillants marins décident de le traiter manuellement. Il n'a pas l'air si volumineux. Une dizaine de mètres de long en surface, deux en hauteur. La masse immergée reste l'inconnue de l'équation. L'équipage, téméraire, saute dans le Zodiac pour se lancer à l'assaut de cet ennemi dont il ignore les forces. Leur épopée me paraît légèrement optimiste. Le Second est aux manettes, le Capitaine tient une longue perche de bois sous le bras. Il compte s'en servir comme d'une lance pour repousser l'envahisseur. Le Zodiac prend son élan. Contact. Le Capitaine est appuyé de tout son poids sur la perche pendant que le Second pousse le moteur pour produire une force contrant l'inertie de l'ennemi. Don Quichotte et Sancho Pança chargeant le moulin-iceberg, chimère condamnée à l'échec. Les lois de la physique sont impitoyables, et peu sensibles à la beauté des causes perdues. Le glaçon ne bouge pas d'un pouce.

Nature : 1. Humains : 0.

Nous déplaçons le bateau en acceptant, dans un éclat d'humilité panthéiste, le fait de n'être tranquilles nulle part.

XIX

Sur le fronton de la cabane trône une inscription bilingue :

Bienvenue chez les Ch'tinuits
Tikilluarit Ch'ti

Cette collision culturelle appelle une explication, qui ne tarde pas à surgir sous la forme d'un sexagénaire de haute taille doté d'une moustache à la longueur exceptionnelle. L'homme arbore une chemise de bûcheron à carreaux verts, une salopette élimée et de gros godillots de chantier. Il nous salue et tend sa carte de visite.

Jeff Olsen
Débris-collage / déchet-d'œuvre.

Nous avions entendu parler de ce spécimen quelques jours plus tôt. Il faut dire qu'il ne passe pas inaperçu. Jeff est Français et vit un mois par an à Saqqaq (173 habitants), village le plus septentrional de la baie de Disko. Il y vient depuis trois ou quatre décennies. Il s'est construit un domicile en aménageant un vieux container avec vue sur la mer, et ce sans complications administratives. « Je vis comme un Rom, mais sans être dérangé par les flics », clame-t-il fièrement. Au Groenland, la propriété privée de la terre n'existe pas. Survivance du droit coutumier inuit, le sol, les terrains de chasse, les eaux, la neige sont à tout le monde. C'est une forme de communisme autochtone. Si vous construisez une maison, elle vous appartient, mais le sol reste celui de la communauté. Théoriquement, n'importe qui peut venir pique-niquer dans votre jardin.

« C'est un génie », m'avait-on prévenu, assertion peut-être un tantinet exagérée. Comme sa carte de visite le suggère, Jeff est un as de la récupération. Par exemple, un hublot de lave-linge encastré dans sa cabane fait office de fenêtre – ce qui renvoie à Nanook l'esquimau qui, dans le film, découpe un pan de glace translucide pour en faire une baie vitrée dans son igloo.

Jeff nous sert un Ricard, me taxe une cigarette, dont il fume la moitié en se brûlant la moustache avant de se coller l'autre moitié sur l'oreille. Il nous enseigne ses mille et une astuces de bricoleur décroissant, montre des photos des autres cabanes qu'il a construites dans les parages. Il évoque longuement sa fascination pour les pierres locales, détaille les particularités géologiques de la baie de Disko (ses enseignements m'échappent largement car je dormais pendant les cours de sciences naturelles de Mme Castet, qui était méchante). Puis il nous explique, exemple à l'appui, comment il tente d'inculquer le goût de la contrepèterie aux Groenlandais. Cela, oui, relève du génie.

Jeff est disposé à bavarder, nous aurions pu passer des heures à dérouler ses marottes. Il est hélas en train de plier ses affaires. Il part aujourd'hui même, il ne peut pas rater le ferry hebdomadaire pour Ilulissat. De là, il prendra l'avion pour Kangerlussuaq, puis pour Copenhague, puis pour Paris et rejoindra le pays ch'ti pour les onze prochains mois.

De cette rencontre, il ne me restera qu'une carte de visite et toutes les questions que je n'ai pas eu le temps de lui poser. Comment a-t-il atterri ici ? Combien de temps faut-il pour acquérir une telle moustache ? Que fait-il en France ? Je dirais agent EDF, ou luthier, ou éducateur spécialisé. Peut-être est-il tout simplement un personnage de bande dessinée.

Quoi qu'il en soit, il fait partie de ceux qui créent leur zone d'autonomie temporaire, n'obéissant qu'à leurs propres lubies avant de replonger dans l'océan de la contrainte sociale. Jeff Olsen est une apparition excentrique et chaleureuse, fugace comme une aurore boréale, qui s'enfuit dans une dernière tirade :

– Le Groenland est mon dernier terrain vague.

XX

ALLONS PLUS LOIN, dans un endroit où les hommes ne vivent pas.

La baie de Tartunaq, à deux heures de Saqqaq, nous accueillera pour la nuit. Une longue plage de sable où se dressent une tente vide, qui doit être un camp de base de chasseurs, et une cabane bricolée par Jeff. En marchant cinq minutes, on pénètre dans un décor de roches à l'air volcanique, un sol friable parcouru de buissons couchés, qui monte vers une falaise plongeant dans la mer. Le tout dégage une puissance gothique, qui ne ressemble à rien de ce que nous avons connu jusqu'à présent.

– C'est chargé ici.

La phrase du Second, dans sa simplicité, résume ce que nous ressentons confusément. Une vibration. Quelqu'un, sûrement moi, fait une blague sur la présence d'extraterrestres. Plaisantons, plaisantons. Toujours est-il qu'un magnétisme particulier nous titille. Nous percevons, dans ce théâtre géologique, une *chose* que nous ne pouvons expliquer. Comment décrire cela sans sombrer dans une logorrhée New Age ?

Quelqu'un s'est essayé à faire parler les pierres du Groenland et il a une certaine légitimité en la matière, puisqu'il s'agit de Jean Malaurie, brontosaure de l'ethnologie, grand défenseur de la cause inuite, auteur des *Derniers Rois de Thulé*, l'ouvrage qui, dans les années 1950, fit découvrir le sort des habitants de l'Extrême Nord dépossédés de leur territoire et de leur mode de vie par l'installation d'une base militaire américaine. Jean Malaurie peut se vanter (et il ne s'en prive pas) d'être la référence intellectuelle quand on parle de l'Arctique. Avec Claude Lévi-Strauss, dont il publia le *Tristes tropiques* dans sa collection Terre humaine, il est l'un des avocats du concept de *pensée sauvage*, propre aux peuples racines. Une façon d'envisager le monde, à l'écart de la rationalité utilitariste occidentale, basée sur des principes animistes permettant de déchiffrer « les harmonies invisibles de la nature ». Géomorphologue de formation, Malaurie tente de dialoguer avec la roche. « La pierre parle, elle est une mémoire d'énergie », écrit-il. Il entend une « poétique de l'espace » dans les éboulis. Et décrit chez les chasseurs inuits l'existence de perceptions supra sensorielles guidant la lecture du paysage.

Je foule ce lieu constitué de signes qui ne génèrent aucun sens chez moi, l'illettré de la pierre. Je parcours un livre rédigé dans une langue qui m'est inaccessible. Comment apprend-on l'alphabet de la matière ?

Des agrégats de pierre attirent notre attention. La main de l'homme est passée par là. Sous les enchevêtrements de rocs, on aperçoit des ossements. Des bouts de squelettes, humains. Des crânes. Nous marchons sur un cimetière.

Dans les villages, les sépultures sont ornées de croix chrétiennes. Pas ici. Qui êtes-vous, les gars ? Depuis quand êtes-vous là ? Nous n'aurons pas de réponses. Pas de vivants à l'horizon, et les morts ne sont pas bavards.

C'est très ancien, de toute évidence. Me revient à l'esprit une phrase échappée du flot de paroles de Jeff, à propos de vestiges archéologiques présents dans la région : « Sur ces fondations, quarante siècles d'histoire vous contemplent.[3] »

Nous construisons un feu pour grignoter un en-cas en compagnie des squelettes et des moustiques qui gardent les lieux. Deux marins, un peintre et un écrivain prennent l'apéro sur un vieux cimetière inuit, en espérant qu'une malédiction ancestrale ne s'abatte pas sur eux.

3. Renseignement pris au retour de ce voyage, les vestiges mentionnés par Jeff sont ceux de la civilisation de Saqqaq, disparue au IXe siècle avant J.-C. Ces sépultures n'en font donc sûrement pas partie, les ossements seraient revenus à la poussière. Cela dit, Google n'offre aucune occurrence pour « Tartunaq cimetière », nous avons peut-être fait (et négligé) une découverte archéologique considérable.

XXI

Au matin, nous longeons la plage, contournons les sépultures et montons vers le téton rocheux qui domine la baie de Tartunaq. La pente est raide. Le sol change de registre au fil des strates géologiques, chapitres de l'Histoire glissant sous nos pieds. Nous franchissons un petit torrent qui nous abreuve d'une eau provenant de l'inlandsis, de la glace qui a patienté une petite ère pour terminer sa course dans nos gosiers. Nous picorons des baies, au risque de finir comme le héros de *Into the wild* – le Second nous garantit qu'elles sont comestibles.

Une barre de brume bloque la vue sur la crête, une bruine s'abat délicatement sur nos épaules. Ce sont les premières précipitations du voyage. Août s'achève. Septembre approche et il est moins clément que ses prédécesseurs.

Nos pieds butent sur des cartouches. Nous ne verrons pas les rennes auxquels les projectiles étaient destinés. À la descente, quelques lièvres arctiques détalent, gros comme des buffles – allez, comme des renards. Ils sont grassouillets (c'est la fin de l'été), blancs et très rapides, vélocité compensant leur absence de mimétisme dangereuse en cette saison, sur ce sol vert et marron et rouge et mauve et fou. Des lapins et un cimetière inuit en moins de douze heures, nous allons sûrement récolter des ennuis.

Le code couleur vire au sable sur la fin de la descente. Nous évoluons maintenant dans un univers de grès. Des sphères parfaites, grosses comme des balles de golf ou des roues de camion semblent attendre que l'on joue avec elles. Dans les éboulis, un monolithe parallélépipédique, d'une perfection à rendre Kubrick jaloux, offre un banc au marcheur éprouvé. Ce caillou est découpé trop précisément pour être honnête, ce qui m'oblige à faire une nouvelle blague sur le passage des extraterrestres à Tartunaq.

J'apprendrai, après cette balade, que la baie de Disko abrite le seul gisement connu de fer tellurique, c'est-à-dire le fer que l'on trouve dans la croûte terrestre sous forme métallique plutôt que sous forme de minerai. Le seul gisement dans le monde entier.

Nos sensations nous l'avaient signalé. Cette zone est spéciale. Chargée.

Mes camarades ronflent du sommeil des justes, vidés par la randonnée du jour. Je griffonne quelques notes, allongé dans ma bannette.

Nous naviguons depuis une dizaine de jours et chaque matin, nous nous réveillons dans un songe glacé ; les icebergs sont fidèles au poste. Chaque journée apporte son lot de merveilles. On s'habitue. On ne se pâme plus comme au premier jour, alors que le niveau de sublime n'a pas baissé. Assiste-t-on à une déperdition de la beauté en s'y accoutumant ? La beauté est une drogue. On ne voit pas la dépendance s'installer. C'est quand elle perd en intensité que le manque se fait sentir. Le chasseur d'émotions a besoin de sa dose, d'un rush toujours plus puissant pour rester sur l'équilibre fragile de la joie qu'il a fini par dénicher. Il part, un degré plus loin, un mille plus au nord, à l'affût d'une nouvelle raison de s'extasier. La course à la beauté est perdue d'avance, il faut jouir de sa saveur durant la fuite.

Une odeur vient tarauder mes narines et perturber mes réflexions. Oui, on dirait bien que ça sent l'essence.

Je me lève. L'opération n'est pas aussi évidente qu'elle en a l'air car il s'agit de s'extirper d'un sac à viande et d'un duvet sans se cogner la tête contre le plafond qui vous guette, à moins d'un mètre au-dessus de la couchette. Je me cogne la tête et je me dirige vers le carré, muni d'un caleçon et d'une lampe frontale.

J'arrive devant le poêle.

Il explose.

Une petite explosion. Juste un couvercle qui saute et de la fumée qui se répand. Une alarme s'enclenche.

Trois Bretons se lèvent, paniqués. Ce n'est rien de grave. Il suffit de couper l'alimentation et d'ouvrir portes et hublots en grand. Mieux vaut dormir au froid que mourir asphyxié.

Trois heures plus tard, une secousse réveille l'équipage. Un petit iceberg insolent a heurté la coque. Ce n'est rien de grave. Le bateau est profilé pour supporter ce genre de choc.

Nous ferons tout de même attention, à l'avenir, à ne pas déranger de vieux cimetière inuit. Et nous nous méfierons des lapins[4].

4. En écrivant ce paragraphe, mon document Word s'est mis à défiler tout seul. Plus aucune touche de mon ordinateur ne répond. Mon Mac, qui fonctionnait parfaitement jusqu'à présent, est visiblement hanté.

XXII

LE PEINTRE FREDONNE *J'aimerais tant voir Syracuse* au petit-déjeuner. De mon côté, j'aimerais tant voir Qullissat. Je souhaitais traverser le détroit et débarquer sur l'île de Disko pour visiter cette ville abandonnée, mais la météo contrarie mes plans. Fondée en 1924 autour d'une mine de charbon, Qullissat comptait des milliers d'habitants avant d'être délaissée à l'épuisement du filon en 1972. J'avais vu des photos et je salivais d'avance sur ses allures de ville fantôme de Far West. J'étais curieux du spectacle de la nature reprenant ses droits après le passage de l'homme. Je ne le verrai pas.

La mer est lourde et la visibilité réduite, la navigation vers Disko serait trop chronophage. Le Capitaine choisit une destination plus proche, cap au sud, vers l'île d'Ata (ou Arveprinsens Ejland). Puisque Qullissat m'échappe – probablement à tout jamais – je vais revenir sur ces histoires de mines.

Riche de son sous-sol si singulier, le Groenland a longtemps exporté du plomb, du zinc, du marbre et de l'argent, entre autres. Les derniers gisements ont fermé au début des années 1990. Au XXIe siècle, les mines sont en passe de refaire surface. Si l'isolement et la faiblesse des infrastructures freinent l'accès aux trésors minéraux, le réchauffement climatique favorise les possibilités d'exploitation. C'est un enjeu majeur dont je me suis entretenu avec Poul Krarup lors de mon passage à Nuuk.

Poul est le rédacteur en chef du groupe de presse qui informe l'île, via ses deux journaux *Sermitsiaq* et *Grønlandsposten*, et son site internet anglophone, *The Arctic Journal*. Il publie également un magazine appelé *Oil & Minerals*, dont l'existence même témoigne de l'importance de ces questions. Poul m'a reçu longuement alors qu'il avait quelques éditions à boucler. C'est un vieux Danois barbu aux manières blasées ; l'archétype du localier revenu de tout. Il a passé la plus grande partie de sa vie sur l'île et, de toute évidence, son cœur est ici. « Mais dans la tête des gens, je ne serai jamais vraiment Groenlandais », confie-t-il avec résignation.

Voici la situation résumée par le journaliste. Le gouvernement groenlandais est désormais souverain en matière de décisions économiques. C'est lui qui peut signer les contrats avec les compagnies minières qui, conscientes des opportunités, ont installé des bureaux à Nuuk. Les revenus espérés permettraient de créer de l'emploi et surtout de s'affranchir de la tutelle financière danoise, qui subventionne l'île à hauteur d'environ

500 millions d'euros par an, soit la moitié de son budget. Et à terme, de prétendre à une indépendance totale. Le Groenland pourrait devenir un pays à part entière.

Ce plan idéal se confronte à plusieurs obstacles. Se vendre aux multinationales du secteur, qui ne sont pas connues pour être particulièrement philanthropes, créerait une autre forme de dépendance. Avec leurs milliards, les compagnies minières sont plus puissantes que le petit Groenland. On connaît les scénarios répétés dans bien des pays d'Afrique, où les populations profitent très peu de l'exploitation de leur sol par des entreprises étrangères.

Les créations d'emplois, si elles ne peuvent pas nuire, pourraient rester anecdotiques. Quelques dizaines de jobs locaux dans le cas de la mine de rubis et de saphirs ouverte récemment. Un projet de mine de fer avec la London Mining envisage l'arrivée de 3 000 travailleurs chinois, soit 5 % de la population de l'île. Un bouleversement démographique et culturel aux conséquences incertaines.

Il y a, surtout, les conséquences environnementales, largement imprévisibles. Je rectifie : les conséquences environnementales sont largement prévisibles. L'ouverture d'une mine est toujours un saccage. L'imprévisibilité réside dans le niveau du saccage.

« Malgré tout, la population est globalement favorable aux mines », résume Poul. Une tendance confirmée par les discussions que j'ai pu avoir ici et là. « Fuck the environment », plaisante un fonctionnaire de Nuuk qui m'a invité à dîner. La phrase est prononcée sur le ton de la provocation, mais elle résume son point de vue. « Nous disposons d'un très grand territoire, nous pouvons bien sacrifier quelques kilomètres carrés de nature, si ça nous permet d'avoir de meilleures écoles et de meilleurs hôpitaux. »

En revanche, il est un projet qui divise les Groenlandais et leur classe politique : l'exploitation de terres rares et d'uranium dans le sud de l'île. Quand on parle d'uranium, les enjeux ne sont plus uniquement économiques ou environnementaux. Devenir le terrain de chasse géostratégique des grandes puissances est rarement un atout pour l'indépendance d'un pays.

Quant au pétrole offshore, il fait saliver. Même si les prospecteurs hésitent et qu'une exploitation reste hypothétique et lointaine, on parle de 10 % des réserves mondiales connues. L'or noir, encore un trésor porteur de catastrophe. Imaginez les conséquences d'une marée noire sur une île qui vit essentiellement de la pêche.

Dans l'immédiat, rien n'est certain. Les obstacles techniques et politiques, les variations des cours des matières premières peuvent faire capoter les ambitions. Le rêve minier n'est peut-être qu'un mirage. Le futur n'est pas encore écrit.

XXIII

Nous débarquons dans le passé. C'est un village abandonné, un autre. Celui-ci s'appelait Ritenbek. Dans la baie flotte un iceberg dont la forme évoque celle d'une baleine. On distingue un œil, les fanons, la queue d'un cachalot dans les méandres de la glace. Il est troublant de le voir monter la garde devant Ritenbek, qui est une ancienne station baleinière. Elle est construite autour d'une longue bâtisse en pierre qui devait servir au dépeçage des cétacés. Quelques baraques aux toits croulants, où subsistent les reliquats d'une présence humaine. Un matelas moisi, un jeu de cartes, quelques bougies. Un grand bâtiment de bois, plus récent, accueille à l'occasion des camps de vacances estivaux, paraît-il. À l'intérieur, un bazar d'outils au rebut, de vieux poêles, des tables d'écoliers délabrées, au milieu desquels s'éparpillent des fragments de carcasses de baleines.

Nous baguenaudons dans le village perdu en nous collant des baffes pour éloigner les moustiques. Nous marchons sur des carmins sombres, des pourpres audacieux, des gris argentés, des roux et des kaki, qui donnent à ce paysage un petit air d'Écosse. Nous marchons aussi sur des tombes aux plaques bien conservées. Pardon de t'avoir dérangé, Olaf Thorvard, 1860-1883. As-tu eu une bonne quoique courte vie ? Olaf passe son éternité sous la terre, d'autres sous des tas de pierres, comme à Tartunaq. Les deux modes d'ensevelissement cohabitent. On enterrait en été, on mettait sous pierre en hiver quand le sol gelé ne permettait pas de creuser, j'imagine. Ritenbek serait un bon point de chute pour un fugitif souhaitant écrire un polar tourmenté, ou un roman-monde de 800 pages sur la chasse au cachalot.

Il ne faut pas sous-estimer l'importance de la baleine dans l'histoire du pays. Rappelons que le Groenland était oublié par l'Europe après la disparition des Vikings héritiers d'Erik le Rouge. Au XVIIe siècle, ce sont des baleiniers anglais, hollandais et allemands qui retrouvèrent le chemin de l'île. Ils débarquèrent sans s'y attarder. Leur passage raviva toutefois l'intérêt pour ces terres lointaines et déclencha les expéditions clérico-commerciales de Hans Egede, premières pierres de l'implantation danoise. Au XVIIIe siècle, Ilulissat et la baie de Disko fondent leur prospérité sur la production d'huile de baleine. Les Inuits, eux, ont de tout temps chassé les cétacés, pourvoyeurs de nourriture et de chauffage.

D'un coup de Zodiac, nous traversons la baie pour crapahuter sur la petite falaise. Les rochers couverts de mousse sont glissants et nous progressons en prenant garde à ne pas mourir. En hauteur, la visibilité est démentielle. L'horizon tacheté s'ouvre sur des dizaines de kilomètres, bien que des barres de brume décorent les côtes de l'île de Disko, face à nous. Je vois plus grand que jamais. Des terres lointaines, une mer sombre, des processions d'icebergs traversant un crépuscule strié par le vol des pétrels. Je ne parviens pas à déterminer si c'est le début ou la fin du monde. Sans repères humains, avec une échelle du temps chamboulée par ces soleils persistants, rien ne nous rapporte au réel tel que nous le connaissons, à part ces putains de moustiques. Le fracas périodique de la glace nous rappelle que des forces agissent dans ce qui paraît éternel et apaisé.

Casque sur les oreilles, j'écoute *The fool on the hill*, les yeux grands ouverts. Je m'identifie sans mal au personnage de la chanson de McCartney, perché sur la colline avec un sourire idiot sur les lèvres, regardant le soleil se coucher, loin des turpitudes des hommes, avec la sensation de comprendre ce qui se joue ici-bas. Juste la sensation.

Le courant draine les icebergs en direction du village. L'un d'entre eux, de taille estimable, s'intéresse à Atka. Le temps de redescendre de notre perchoir et de revenir à bord, le glaçon s'est collé contre la coque. La lutte pour conserver un espace vital autour d'Atka fait partie de notre quotidien. Nous nous emparons des perches et autres gaffes pour repousser l'envahisseur. L'envahisseur est accompagné. C'est un bataillon qui nous encercle, résolu à converger vers notre mouillage et à nous empêcher de dormir en paix.

La méthode Don Quichotte ayant montré ses limites, nous explorons une autre tactique qu'on qualifiera de méthode Lucky Luke. Attraper un glaçon au lasso n'est pas aussi facile qu'on l'imagine (pour ceux qui auraient déjà fait l'effort d'imaginer une telle scène). Le Peintre fait tournoyer un bout, lance une première fois, échoue, lance une deuxième fois, accroche une protubérance, resserre l'étreinte. Le Zodiac, victorieux, remorque hors de notre zone un petit iceberg qui, pour le coup, fait moins le malin.

Nous allons passer la nuit devant le village abandonné. C'est mon tour de préparer la tambouille. J'empapillote une grosse morue pêchée par le Peintre, pendant que les Bretons, en bons Sisyphe arctiques, détournent ou esquivent les rôdeurs de glace. Le flux ne se tarit pas, il faudra prendre des quarts cette nuit.

– Julien, tu peux en prendre un ?

Mon cœur se gonfle de fierté, j'ai gagné la confiance des professionnels, qui m'estiment digne de veiller à la sécurité du bateau. J'ai donc le privilège d'être réveillé à 3 heures du matin pour me planter pendant 90 minutes sous la pluie, les yeux fixés sur un gros tas qui, lentement mais sournoisement, nous tourne autour. Mon regard se révèle dissuasif, l'iceberg contourne prudemment le bateau et passe son chemin. Trouillard.

XXIV

SUR ATKA, les seuls éclats énervés sont les « putain de sa mère » qui résonnent quand je me cogne la tête, une quinzaine de fois par jour, sur les plafonds qui changent constamment de hauteur. Pour le reste, l'ambiance est au beau fixe, légère. Nous rions, un comique de répétition absurde fluidifie les relations et soude le groupe.

Ça ne se passe pas toujours aussi bien sur un bateau. Le Peintre raconte l'histoire de ce matelot insupportable, voire dangereux, que ses collègues ont molesté et enfermé dans la cale jusqu'à l'arrivée. Au Groenland, le danger est démultiplié par un mal étrange, une forme d'hystérie polaire connue sous le nom d'amok. Elle se caractérise par des crises de démence aussi violentes que spontanées. On recense des dizaines de cas chaque année au Groenland. Ils vont du type qui se met à hurler et courir comme un possédé, à la paisible petite mamie qui, soudain et sans raison, massacre ses voisins à la hache et les débite en petits morceaux. Neurologues et psychiatres pensent que ce syndrome serait lié aux variations saisonnières. Septembre est le mois le plus touché. Nous sommes fin août. J'ai bon espoir que ce désagrément nous soit épargné, mes compagnons ont l'air stables psychologiquement.

Nos caractères sont différents et bien marqués, mais nous avons en commun la langue des itinérants. Chacun d'entre nous a son voyage fondateur. Le Second a quitté le domicile familial à 18 ans, direction l'Afrique, contre l'avis de ses parents, pour suivre l'école de la vie, qui lui semblait plus judicieuse qu'une prépa. Le Peintre a accompli sa première transatlantique à 17 ans. Il évoque les moments d'euphorie et de descente lors des traversées en solitaire. La sensation unique qui se répand dans les veines du marin qui s'endort alors que son bateau trace sa route. La vocation du Capitaine est née lors d'une navigation en binôme, du sud de la France aux îles grecques. Mon aventure initiale a eu lieu au Mexique. J'en ai fait un roman, qui en a appelé d'autres.

Le voyage n'est jamais une simple partie de plaisir. Il n'aurait rien de formateur dans ce cas. Le jeune Second est arrivé à Mayotte avec 150 euros en poche. Rapidement, il n'a plus rien eu. « J'ai eu faim. Ça me réveillait la nuit. » Le Capitaine garde un bon souvenir d'un trajet épique entre les Canaries et le Cap-Vert, dans une tempête qui coucha le petit voilier en fibre de toile de jute dont le mât se retrouva sous l'eau, un soir de réveillon. « On avait froid », résume-t-il. Le Peintre, lui, a explosé sur un baril de poudre en Antarctique, expérience vraisemblablement vécue par un nombre assez réduit de personnes dans l'histoire de l'humanité. « J'étais noir, comme dans les dessins animés. » Il a retrouvé sa peau quelques mois plus tard.

On ne revient jamais vraiment de nos voyages initiaux, ceux qui font bifurquer une trajectoire. Ils changent à tout jamais l'homme qui n'aura par la suite qu'une seule terreur profonde, celle de devenir fonctionnaire. Voyager, c'est une quête d'intensité. Refuser de se soumettre à l'ennui. S'autoriser à devenir une nouvelle personne à chaque étape. Les couches de vécu accumulées favorisent l'acquisition permanente de nouvelles compétences. Par exemple, à force de traîner autour des pôles, le Peintre a appris à imiter, de manière très convaincante, le cri de l'éléphant de mer en rut. Apprentissage qui a eu un prix :

– Un jour, un éléphant de mer m'a éternué dessus, j'étais couvert de morve, ça puait la mort.

Puisqu'on parle d'odeur, je vais décrire notre « salle de bains » (les guillemets sont importants), un cagibi avec un tuyau, dont nous nous servons avec parcimonie car nos réserves d'eau ne nous permettent de prendre une douche qu'en cas d'urgence. Je ne me suis pas lavé les cheveux depuis le départ. Malgré les toilettes de chat vite faites, ce bateau commence à sentir le bœuf musqué.

Les W.-C. ne sont pas plus commodes. Le mécanisme de pompage est fastidieux, on ne tient pas vraiment debout, et assis, la cuvette est froide. Même si nous ne sommes pas censés le faire pour des raisons de sécurité, nous pissons donc par-dessus bord. On économise l'eau tout en s'adonnant au petit bonheur simple de se soulager au grand air. On jauge le sens du vent, on se tient d'une main, on descend sa braguette et on contribue, modestement, au réchauffement des mers arctiques.

XXV

Je ne peux pas présenter de preuves pour étayer mon hypothèse, mais je pense avoir été Gandhi dans une vie antérieure. Mon karma est optimal, à l'évidence. Qu'est-ce que j'aurais fait, sinon, pour mériter cet arc-en-ciel qui frappe l'horizon au pied des falaises, construit un pont entre la mer et l'infini, en englobant quelques icebergs monuments dans sa courbe ? Toutes les couleurs de l'univers rien que pour moi – et trois Bretons.

Cette vision annonce l'aboutissement d'une longue navigation, une quinzaine d'heures pour accoster l'île de Disko. Durant la traversée, les icebergs ont disparu, ou presque. À peine quelques colosses dispersés. Ils réapparaissent alors que nous longeons le littoral, dont les parois basaltiques se dressent à un millier de mètres au-dessus des flots. Hier, nous étions en Écosse. Aujourd'hui, le paysage rappelle les cirques de la Réunion. Nous revenons une soixantaine de millions d'années en arrière. À l'époque où l'île s'est formée, une météorite s'abattait sur le Yucatán, signant de son impact la fin du règne des dinosaures et le début d'une nouvelle ère peuplée, notamment, de mammifères.

Après des jours de mer et de mouillages dans des coins dénués d'*Homo sapiens*, notre équipage arrive à Qeqertarsuaq (ou Godhavn) avec la ferme intention de prendre une cuite de belle envergure. La contemplation poétique ne suffit pas à nourrir son aventurier. Nous sommes humains, nous avons besoin de la chaleur de nos semblables, d'un bar où des rires éclatent, où la musique réchauffe les cœurs, où des liqueurs revigorantes coulent dans les veines d'une espèce sentant confusément que son salut réside dans le grégaire, l'échange, la fraternité. Certains, parmi nous, rêvassent même à l'idée de palper les seins lourds d'une gourgandine égarée et peu farouche. Qui sait ? Peut-être qu'une équipe de géologues norvégiennes revient d'expédition après trois semaines sur la calotte glaciaire, bien décidée à prendre du bon temps et à retrouver l'odeur du mâle dans les bras d'un vaillant marin qui saura la transporter avec ses récits d'aventure ?

C'est plein d'allant que nous abordons Qeqertarsuaq, une ville d'un petit millier d'habitants, la seule ville de l'île de Disko, une ville malgré tout. Avec ses containers et la rouille de son port, la bourgade n'offre pas le même charme que les villages, mais elle permet de renouer avec des sensations familières comme marcher sur de l'asphalte, dans une rue. On y trouvera forcément un restaurant, une taverne, un lieu de perdition quelconque.

Pour l'instant, les rues sont vides et les portes closes. Aucun autochtone en vue.

– Quel jour on est ?

La mer a perturbé nos repères spatio-temporels. Quel intérêt de nommer un jour, alors qu'il suffit de le vivre ?

– On est dimanche, je crois.

– Non, on est dimanche au fin fond du Groenland.

Nous patrouillons à la recherche d'une forme de vie dans la grisaille. Apercevant un homme, le Peintre utilise le langage universel du corps, portant son pouce renversé vers son gosier. Boire ? Où ?

Nulle part, nous signifie-t-on. Demain. Tout est fermé le week-end. Déception.

– Et Internet ? (Pas besoin de mimer « Internet » – ce qui ne doit pas être si facile – Internet se dit « Internet » dans toutes les langues.)

Je meurs d'envie de faire un tour en ligne, pour rappeler à mes proches que j'existe, pour recevoir un message d'amour, une bonne nouvelle ou une facture. Des événements considérables ont pu avoir lieu dans la semaine. Nous sommes peut-être les derniers à ignorer que Tokyo a été rayée de la carte ou que Saint-Étienne a battu le PSG. Je ne me souviens pas de la dernière fois où j'ai été privé d'Internet pendant une semaine. Le carême numérique a des vertus salutaires. On aère son cerveau loin des écrans. Mais là, c'est bon, j'ai bien aéré, et je veux maintenant embrasser ma famille.

Notre interlocuteur est navré, il ne sait pas où trouver une connexion.

Soudain, la lumière. Une enseigne annonce un hôtel. Une volée de marches. Une porte qui s'ouvre. Une taulière derrière un bureau.

– Glou glou ?

– Non.

– Vous n'avez pas un restaurant ?

– Fermé.

– Internet ?

– Non.

– Vous n'avez pas le wifi ?

– Si, mais on va fermer.

– S'il vous plaît.

– Non.

La taulière, une grand-mère à l'air sévère, nous envoie paître, sèchement, alors que nous ne cherchons que de l'amour et de la bière.

– Enculés de luthériens, s'emporte le Peintre sous l'effet d'une colère légitime.

Il ne nous reste plus qu'à nous saouler sur le bateau, entre hommes. L'état des stocks est préoccupant. Un fond de whisky pour quatre, ce n'est pas suffisant pour tuer une soirée. Nous sortons des cartes. Jouer à la belote au Groenland est au-delà de mes forces (pourquoi pas un Cluedo en Amazonie, tant qu'on y est ?). Le Peintre fait une course de voitures sur un iPad. Il parle seul, insulte ses concurrents virtuels, grogne quand il se plante. Le Second découpe des oignons pour le dîner. Le Capitaine remplit le carnet de bord et répare des bouts, tout en me transmettant un peu de sa science. J'apprends ce que sont un vent catabatique et une épissure. Cette journée n'est donc pas complètement perdue.

Ne vous fiez pas aux récits de baroudeurs où les actions trépidantes se succèdent sans relâche. Tout voyage comporte ses temps morts et sa part d'ennui ; ce sont les respirations de l'aventure.

XVI

Le ciel morne renforce la chape de tristesse qui anesthésie cette ville dès le petit matin. Où sont les gamins enjoués et l'accueil spontané rencontrés ailleurs ? Nous nous réfugions dans la nature pour une grande balade de vingt minutes, écourtée par des trombes d'eau et mon dos qui se coince. Je retourne à l'hôtel, chez la mégère qui tient les clés du Web.

– Internet ?

– Oui, ça marche. Mais je n'ai plus de papier pour imprimer les codes du wifi. Donc, non, ça ne marche pas.

– Je peux revenir quand ?

– Cet après-midi.

– Ça marchera ?

– Peut-être.

La taulière est aimable comme un maton formé à Guantánamo. Elle me tient, elle le sait. Je suis un junkie sevré à qui elle fait miroiter une dose numérique. Cette femme a un mauvais fond, ça se voit tout de suite, une cruauté luit dans son regard. Elle aime nuire, quitte à perdre de l'argent. Éconduit, j'erre dans Qeqertarsuaq en quête d'une connexion. Nous sommes lundi.

Un panneau Tel-Com active une lueur d'espoir.

– Internet ?

– Non, on n'a pas d'accès public.

– Mais vous êtes la compagnie de communication, non ?

Le jeune employé au guichet se montre compatissant.

– Vous pouvez tenter à l'hôtel.

Chez la sorcière.

– J'ai déjà essayé, ça ne marche pas là-bas non plus.

– Bienvenue au Groenland.

Je marche sans but, en attendant l'après-midi. Un terrain de foot et un skatepark flambant neuf s'ennuient, inoccupés. Les adolescents se concentrent autour d'un petit fast-food et devant un Pepsi, en panoplie jeans, baskets, doudoune et casquette. Je commande un « kebab groenlandais » pour vérifier que la globalisation culinaire ne connaît pas de limites. Dans le restaurant attenant à l'hôtel, une jeune mère boit son café. À l'intérieur, bien au chaud. Elle jette de temps en temps un coup d'œil par la fenêtre derrière laquelle se trouve une poussette, avec un bébé dedans. C'est la fin de l'été sur le 69e parallèle nord, les températures sont encore positives.

J'engage la conversation avec le manager du restaurant. Il peste contre le tourisme de croisière. Parfois, un paquebot débarque, déversant un millier de personnes dans cette bourgade de 800 habitants. « C'est une clientèle difficile, ils ne consomment pas », se lamente-t-il, alors que le *Gangnam style* jaillit du portable de la serveuse. Je me retiens de lui demander : mais que voulez-vous qu'ils consomment ?

L'après-midi arrive enfin, je retente ma chance chez la sorcière.

– Internet ?

– Non.

– Vous n'avez toujours pas de rouleau de papier pour votre imprimante ?

– Non.

– Vous êtes allée voir au magasin ?

– Oui.

Je vais la supplier.

– Peut-être que je pourrais utiliser cet ordinateur-là, dont vous ne vous servez pas. S'il vous plaît, je voudrais prendre des nouvelles de ma famille.

– Non, ce n'est pas possible.

Elle voit bien que je suis désespéré ; elle jouit de ma souffrance. Elle n'a pas décoché un sourire d'excuse, de compassion, ni même de politesse.

Je pourrais peut-être l'agresser physiquement. Je feindrais de m'intéresser aux souvenirs pourris (porte-clés en forme de kayak, notamment) sur le tourniquet derrière elle. Elle se retournerait pour me les montrer et dès qu'elle aurait le dos tourné, je lui assènerais un grand coup sur la nuque. Je la bâillonnerais avec du scotch et je pourrais consulter mes mails tranquillement, en lui filant un petit coup de pied dans les côtes de temps en temps.

Voilà où nous a conduits Internet. J'étais un gentil garçon et je me retrouve en train de fourbir un plan pour séquestrer une mamie.

Je fais appel au bouddhiste en moi pour accepter ma condition d'être manquant, me débarrasser de tout désir, de toute passion, et je me dirige vers le *pisiniarfik* pour acheter de l'alcool fort.

Je divague devant le rayon armurerie, rudement bien fourni, en imaginant les titres de la presse du lendemain. *Carnage dans un hôtel de Qeqertarsuaq. Le forcené, un Français, tenait des propos incohérents. Il aurait déclaré vouloir accéder à Facebook.*

Je pourrai toujours plaider l'hystérie polaire lors du procès.

Avant de sortir sous la pluie qui matraque Qeqertarsuaq, mon œil s'attarde sur le coin papeterie. Il propose un grand choix de rouleaux de papier pour imprimante.

XVII

Il est 20 heures. Arne nous accueille, le Second et moi, avec du café et un gâteau. Après avoir été invité dans une demi-douzaine de maisons, je peux affirmer, contre le cliché, que les Groenlandais boivent plus de café que d'alcool. Arne est pêcheur, évidemment, et néanmoins journaliste. C'est le correspondant local de *Sermitsiaq* et il nous brosse le portrait de la ville pendant que son épouse regarde la télévision.

L'une des usines de poissons a fermé en 2008. Trente emplois détruits, autant de familles paupérisées. Dégringolade économique, commerces qui périclitent, baisse de la population. Qeqertarsuaq est passé de 1 100 à 800 habitants. Cela explique l'ambiance sinistre qui règne ici.

– Pourquoi l'usine a fermé ?

– Il n'y avait plus de flétan. Mais ces dernières années, le flétan est revenu. On en a beaucoup maintenant.

Les caprices du poisson reflètent ceux du climat.

– Comment les gens réagissent-ils ?

– Les plus pauvres partent, dans les plus grosses villes ou au Danemark.

– Et ils y trouvent une vie meilleure ?

– Absolument pas.

Arne a lui-même vécu et travaillé au Danemark. Il en est revenu.

– On n'est pas victimes d'un racisme agressif, mais certains Danois s'imaginent qu'on vit toujours dans des igloos. D'autres s'arrêtent au stéréotype du Groenlandais alcoolique parce qu'ils voient traîner tous ces types échoués à Christiania.

Je vois tout à fait de quoi il parle. La première fois que j'ai vu des Groenlandais, ils se tenaient devant un étal proposant des barres de cannabis, avec le prix affiché sur un carton. C'était dans la Pusher street de Christiania, le quartier libertaire de Copenhague où la vente de drogue douce est tolérée.

– Les Groenlandais les plus misérables que j'aie vus, c'était là-bas, regrette Arne.

Ironie de l'urbanisme, le point de ralliement de cette petite communauté clochardisée se situe près de la statue d'un Inuit sur son kayak. Cruel contraste entre la sculpture de l'aïeul fièrement dressé face à la nature et ses descendants naufragés de la ville.

– Je préfère vivre ici. Il y a un sens de la communauté très fort. Trop de gens partent. Moi, tant qu'il y a du travail, je reste ici.

L'émotion perce derrière l'élocution calme de Arne.

– Mais je ne suis pas optimiste. Notre futur est incertain.

La cafetière est vide. Arne nous reconduit au port en voiture en effectuant des détours pour nous montrer les points d'intérêt de Qeqertarsuaq. Ici, un bar qui a fermé. Là, une entreprise de construction qui a déménagé à Illulissat.

– Sur ce terrain, on plante des pommes de terre depuis l'an dernier. L'agriculture commence à nous intéresser avec le réchauffement.

Nous passons devant la maison de retraite. Dans la société traditionnelle inuite, les vieux partaient mourir sur la glace pour ne pas être à la charge de leur famille. Maintenant, on meurt au mouroir, comme chez nous.

– Regardez cette maison. Elle coûte trois millions de couronnes. Elle appartient à un couple de Kangerluk, un petit village. Des gens modestes, ils étaient agents d'entretien. Puis un jour, ils ont gagné sept millions à la loterie.

Nous partons sur ce conte de fées qui jette, enfin, un peu de lumière sur la grisaille de Qeqertarsuaq.

XXVIII

Départ pour Aasiaat, une ville pleine de A où nous espérons rencontrer de la joie de vivre. À mi-chemin, nous faisons escale sur la minuscule Kitsissarsuit, 70 habitants, dont le nom signifie « l'île aux chiens ». J'ai lu qu'elle abritait une fabrique de kayaks traditionnels. S'il n'est presque plus utilisé, le kayak représente la quintessence de la technique inuite. Il existe 500 mots pour nommer les pièces qui le constituent. Une discussion avec un artisan kayakiste sera certainement riche en enseignements.

À l'entrée du village, un monument en mandibules de baleine impressionne le nouvel arrivant. Une dent de narval de deux mètres décorant la devanture d'une maison fait saliver le Peintre, qui collectionne les os de bête. Ce n'est pas rien, une dent de narval. Si l'on en croit les légendes locales, cet ivoire torsadé serait la tresse d'une vieille femme entraînée dans la mer alors qu'elle pêchait l'animal pour nourrir ses enfants.

Un dénommé Paul (« comme Sean Paul », précise-t-il) nous souhaite la bienvenue avant d'enfourcher son tractopelle. Nous demandons où se trouve la fabrique de kayaks, sans parvenir à nous faire comprendre.

Kitsissarsuit, on en fait vite le tour. Les habituels *pisiniarfik*, séchoirs à poissons, chapelle et aire de jeu. La maison commune ornée d'une fresque où s'ébattent des mammifères marins.

Une petite femme se dirige vers nous. Martha a entendu parler de notre arrivée (les nouvelles vont vite à Kitsissarsuit). Elle se présente avec son unique dent et un sac plastique contenant ses créations artisanales. Des bonnets, des moufles en peau de phoque, des bijoux. Martha a grandi ici et n'a pas fait d'études, son anglais est pourtant remarquable.

– Dites, j'ai lu qu'on fabriquait des kayaks ici.

Elle éclate de rire.

– On ne fabrique rien ici.

Toujours recouper ses informations.

– Et pourquoi ça s'appelle l'île aux chiens ? Je ne vois pas trop de chiens par rapport aux autres villages.

– En été, on les stocke sur les îlots voisins. (Ici, on *stocke* les chiens. Ils sont considérés comme des bêtes de somme, pas comme des animaux de compagnie.) Mais on en a de moins en moins parce qu'il y a moins de banquise.

Ça, je l'ai entendu partout, chez Steeny à Rodebay, chez Niels à Qeqertaq, et ailleurs. On réduit les meutes, pour adapter les besoins en ressources canines à la durée de la saison des glaces.

– Et le nom de l'île, donc, il vient d'où ?
– C'est à cause des Hollandais.
– Quel rapport avec la Hollande ?
– C'est à cause des Hollandais. Quand leurs baleiniers ont débarqué, il y a bien longtemps, ils ont vu des maisons et des chiens. Mais aucun humain. Ils ont pensé que l'île appartenait aux chiens. En fait, les hommes étaient partis chasser. Le nom est resté.

J'achète un bonnet tricoté par Martha, je la remercie pour ses histoires et nous filons vers Aasiaat (ou Egedesminde), à deux heures de là, une mégalopole de 3 000 habitants qui doit bien abriter une connexion Internet.

Le vent est favorable, la grand-voile claque, nous filons confiants en l'avenir de notre journée. Aucun iceberg dans notre champ de vision pendant plusieurs heures. Je ne dirais pas qu'ils nous manquent, mais une sensation de vide nous atteint. Elle est chassée par la présence d'un bateau de pêche à bâbord. Nous le contournons le plus largement possible pour éviter de perturber son activité. Nous ne le contournons pas suffisamment car nous nous prenons dans une ligne. Arrêt des moteurs. Le Second ouvre la trappe donnant accès à l'hélice pour constater les dégâts. Pas de casse. Le bateau de pêche déboule en trombe, deux hommes à son bord dont l'un vitupère, en anglais :
– On vient de perdre 5 000 couronnes[5] à cause de vous.

5. Près de 700 euros.

Le Capitaine temporise. Pas de panique, on va démêler tout ça. Le pêcheur ne veut rien entendre.

– Non, c'est foutu.

Il s'empare de la partie du filet coincée sous la proue d'Atka et la tranche. Mais pourquoi fait-il ça ? On aurait pu le récupérer, ce filet !

– On n'en restera pas là, glapit-il, un doigt menaçant pointé vers nous, avant de faire marche arrière.

Soit. Nous continuons notre route vers Aasiaat qui se dessine à l'horizon. Quatre ou cinq baleines font des ronds dans l'eau, en toute quiétude. Le spectacle distille en nous un apaisement bienvenu.

Nous sommes à quai une heure plus tard, prêts à nous lancer dans la ville, quand le pêcheur nous intercepte, toujours aussi agressif. Le Capitaine, conciliant, lui explique que nous sommes bien désolés, mais que ses lignes n'étaient pas signalées et que nous sommes passés bien loin des bouées.

– Être désolé, ce n'est pas suffisant. C'est une zone de pêche ici. On vous a prévenus par radio de ne pas passer là.

Il se trouve que nous n'étions pas sur le même canal. Le pêcheur veut de l'argent et il en veut beaucoup. Maintenant, c'est 20 000 couronnes. Le prix du filet de pêche a quadruplé dans l'heure. Nous lui faisons remarquer que cette inflation soudaine nuit à sa crédibilité.

– Je suis ingénieur, hurle le pêcheur.

J'ignore pourquoi il nous dit ça, ça n'a aucun rapport avec notre problème. Est-ce que je hurle « je suis écrivain » à tout bout de champ, moi ? Les palabres s'embourbent. Le ton monte. Le vieux qui accompagne le pêcheur-ingénieur sort un couteau et le brandit dans notre direction. Il menace de couper nos bouts et de lacérer nos voiles.

– Je vais appeler la police, trépigne le Joe Dalton inuit.

– Non, c'est nous qui appelons la police, rétorque le Capitaine.

Nos assaillants s'éloignent. Ils n'ont pas l'intention d'en rester là. Cette situation pourrait mal tourner, il faudrait rapidement circonscrire l'embrouille. Si ça devient violent, il est peu probable que la population se range de notre côté. Il serait fâcheux de se mettre à dos le syndicat des pêcheurs groenlandais – d'autant que tout le monde est pêcheur. Va-t-il falloir payer ? Se battre ? Être banni du Groenland ?

Le Second et le Peintre restent à bord pour veiller sur le bateau et ne pas soumettre Joe Dalton à la tentation de se rembourser en nature. J'accompagne le Capitaine à la recherche du commissariat. Nous le trouvons. Il est fermé.

À notre retour, les forces de l'ordre, représentées par deux flics, sont sur le pont d'Atka. Le Peintre, qui a une âme de pirate, cultive une méfiance viscérale vis-à-vis de l'uniforme. Ce duo de flics me fait, à moi, une bonne impression. Un Groenlandais et un jeune Danois, l'air honnête et doué de bon sens. Mais que fait ce caméraman sur notre bateau ? C'est une équipe de la télévision danoise qui tourne un reportage *embedded* avec la police groenlandaise. Il ne doit pas se passer grand-chose, ils sont trop heureux d'avoir un sujet à se mettre sous la dent, même si notre histoire est dérisoire.

Je m'improvise traducteur, parce que je suis celui qui se débrouille le mieux en anglais, et aussi parce que j'adore jouer les médiateurs – je suis ce type qui s'interpose quand deux mecs commencent à se battre.

Une fois la situation exposée par les deux parties, le policier danois nous fait comprendre qu'un arrangement financier à l'amiable serait la solution la plus pertinente. Je lui réponds que nous ferons un effort au nom des bonnes relations franco-groenlandaises mais qu'il est évident que Joe Dalton compte profiter de la situation pour nous arnaquer et que ça ne se passera pas comme ça.

– Nous comprenons bien qu'il se sente lésé, mais nous n'avons pas commis de faute. Donc, pourquoi devrait-on payer quoi que ce soit ?

Le policier opine et enchaîne une succession d'aller-retour entre le pêcheur et nous pour ajuster le tarif de la compensation. La télé danoise n'en perd pas une miette. Nous allons figurer dans un programme de deuxième partie de soirée sur la vie trépidante de la police groenlandaise.

Une quinquagénaire scandinave fait son apparition et décline sa fonction. Elle est procureur. Cette affaire prend des proportions invraisemblables. Elle est normalement basée à Nuuk et se trouve dans les parages du fait de la présence des médias. Elle n'est pas censée intervenir dans notre histoire. Mais la discussion s'éternise et nous souhaitons accélérer le mouvement pour, enfin, boire une bière bien méritée.

– Bon, vous représentez la justice, fixez un prix et on n'en parle plus

– Ha non, je ne peux pas me permettre d'intervenir comme ça, ce n'est pas la procédure.

– Je comprends. Alors vous pourriez peut-être nous « conseiller » une somme que vous considérez comme équitable ?

Un accord est finalement trouvé. Le Capitaine glisse un billet au pêcheur-ingénieur qui se calme immédiatement. Tout le monde se serre la main, sous la houlette du policier danois, juge de paix. La scène a un air de réconciliation de cour de récréation. Tout est bien qui finit bien.

Le contact étant établi avec les forces de l'ordre, j'en profite pour cuisiner le flic qui se laisse interroger sans réticence. Aasiaat est une petite ville, mais on y déplore tout de même plusieurs cas de meurtres ces dernières années.

– On a surtout des problèmes liés à la drogue, haschich principalement, et à l'alcool. Beaucoup de violences conjugales. Vendredi dernier, une femme est arrivée avec un poumon percé sous les coups de son compagnon.

– C'est affreux.

– Oui, mais les mentalités évoluent, maintenant les violences familiales sont plus souvent dénoncées.

– Heu, à propos d'alcool, vous avez un bistrot à nous conseiller ?

– Il y a bien le Nanooq. Mais c'est un repaire d'ivrognes, n'y allez pas.

La porte du Nanooq franchie, tous les regards se tournent vers nous. C'est une triste humanité qui nous dévisage. Démarches titubantes, gueules de travers, dents manquantes, visages grêlés. Nous arrivons dans le casting d'un film de Sergio Leone. Des casiers de bières sont éparpillés sur la table d'un groupe de racailles locales. Deux lascars sont en train de s'engueuler, pas loin d'en venir aux mains. Des femmes dépensent leurs aides sociales dans les machines à sous. Pourquoi envoyer une armée conquérir un pays alors que tant de peuples ont été vaincus par l'alcool et le jeu ?

Le Capitaine, raisonnable, va se coucher après une bière. J'en bois une deuxième au comptoir avec le Peintre et le Second. Le barman est un costaud, du genre qui se fait respecter avec un regard et un grognement ;

il a l'air de tenir son affaire. Pour rendre justice au Nanooq, il faut préciser que ce n'est pas uniquement un repaire d'ivrognes. Les voyous y côtoient les étudiants et les retraités, brassage qui fait le charme glauque du lieu. (Nous avons fait une brève halte dans un bar pour Danois juste avant, le patron nous a expliqué que les Groenlandais étaient tous des fainéants, nous avons décampé.) Un couple de gentils sexagénaires m'aborde. Ils ont voyagé, vu la tour Eiffel et skié à Serre Chevalier, ils sont ravis de discuter avec un Français. Un groupe de rock sans pitié massacre un succès de Tina Turner. Personne n'applaudit après les chansons.

Une vieille pochtronne déglinguée passe la porte, m'aperçoit, fonce dans ma direction et me prend dans ses bras sans préambule. Puis elle me caresse la joue en faisant des gazouillis. Je peine à m'expliquer son comportement. Enfin, disons que je préfère m'enfermer dans le déni, car je ne comprends que trop bien ses motivations. Précisons que les mœurs sont assez détendues au Groenland. Dans les bars, les femmes peuvent manifester leurs intentions sans détour, sans que cela génère l'hostilité des mâles alentour. C'est peut-être lié à cette vieille tradition inuite qui veut que l'on prête son épouse à l'hôte de passage. Mieux : une coutume permet l'échange ritualisé de partenaires. Il ne s'agit pas seulement de gaudriole, mais aussi de sceller des alliances entre familles, de se garantir une protection mutuelle. J'ignore si cela se pratique encore, je n'ai pas poussé mon enquête dans cette direction. Par ailleurs, le mariage homosexuel vient d'être autorisé dans l'indifférence générale. Tout cela est bien sympathique. Toujours est-il que je reste acculé contre un mur par une Sue Ellen venue du froid, qui décide maintenant de chatouiller mon nez. Le Peintre et le Second, ces lâches, préfèrent ricaner de loin plutôt que venir à mon secours.

Pour faire diversion, j'engage la discussion avec le guitariste du groupe, un barbu sobre qui, en bon musicien, se réjouit de l'échange culturel que permet notre présence.

– Tu es français ?

– Oui

– J'ai joué avec Francis Lalanne.

Les souffrances de ce peuple ne cesseront donc jamais.

Un post-adolescent vacillant, moustache juvénile, casquette de travers, air patibulaire m'interpelle en anglais des ghettos de Los Angeles :

– Mec, je suis un dealer. Faut pas déconner avec moi. Fais attention.

– O.K. Très bien, c'est noté.

Il repart, en essayant de marcher droit, sans succès.

Il revient, quatre minutes plus tard.

– Fais attention. Faut pas déconner avec moi. Mec, je suis un dealer.

– O.K. Tu me l'as déjà dit.

– Personne peut m'atteindre. Je suis un dealer. J'emmerde la putain de police. (*Fuck the fucking police*, en VO.)

Nous avons ici affaire à un blaireau de première catégorie. Ce garçon se prend pour Notorious B.I.G. et il pèse 20 kg. Il voudrait se vivre en roi de son patelin, il n'a pas plus de cerveau que d'avenir. J'oscille entre le dépit (il est vraiment très con) et la compassion (ce n'est pas complètement de sa faute). Dans un moment de lucidité, il comprend que sa manœuvre d'intimidation ne prend pas. Quinze années de voyage m'ont appris à distinguer un individu dangereux d'un abruti qui roule des mécaniques. Il change de stratégie pour attirer notre attention et revient avec des bières. Il m'en tend une. Nous trinquons.

– Si quelqu'un t'emmerde, tu viens me voir. Je règle le problème. Moi, personne peut m'atteindre. Je suis un dealer.

– O.K. Très bien. C'est noté.

Un joint tourne devant le bar, qui se situe juste en face du poste de police. Deux jeunes femmes pouffent dans leur anorak et me pointent du doigt en répétant « Lizarazu, Lizarazu ». Mais enfin, ressaisissez-vous mesdemoiselles, je ne ressemble pas du tout à Lizarazu. Les dégâts de la drogue. Il fait froid, je ne fume pas, je rentre dans le bar.

La vieille pochtronne enamourée revient à la charge. Elle attrape mon nez et le secoue, elle est visiblement fascinée par l'appendice. Sa parade m'inquiète bien plus que celle du dealer.

Je ressors du bar pour fuir la harpie boréale, sans savoir que m'attend un spectacle susceptible de choquer le plus flegmatique des aventuriers.

Le Peintre et le Second, que j'ai laissé cinq minutes plus tôt dans un état stable, sont maintenant engagés dans un fest-noz endiablé, sautant en l'air en se tenant le petit doigt, entonnant des chants bretons comme si leur vie en dépendait, sous le regard médusé d'une dizaine de Groenlandais. Ils sont sûrement victimes de l'hystérie polaire, la terrible démence des pôles les a frappés, nous les avons perdus. En y regardant de plus près, il s'avère qu'ils sont tout simplement un peu défoncés et heureux de renouer avec leurs traditions armoricaines.

Le happening emporte une adhésion inattendue. Magie de la danse, qui congédie les mots pour recréer un langage universel et susciter la fraternité. Mes Bretons sont des stars. La demi-heure qui suit est consacrée aux selfies que la moitié des clients du Nanooq veulent prendre avec nous. On nous offre plus de verres que nous ne pouvons en boire. Nous avons conquis Aasiaat.

XXIX

De la brume au réveil, à l'horizon et dans mon cerveau. Le Capitaine tient les commandes. Il me confie le quart pendant que les danseurs bretons goûtent un repos bien mérité (ils cuvent). La mer est dégagée, pas d'icebergs en vue. Mon rôle consiste, derrière la barre, à ne pas la toucher.

C'est notre ultime navigation, nous faisons route vers Ilulissat, notre point de départ. Dernière ligne droite. Sous la pluie fine, tout est gris et monotone. Je me laisse bercer par le mouvement, une partie de mon cerveau en vadrouille, l'autre en alerte. On ne peut pas se permettre de divaguer complètement quand on a un bateau entre les mains.

Les heures pâles se succèdent, ponctuées par les changements de quarts et l'ingestion de litres de café.

Un changement de teinte au fond du paysage. Une sorte d'éclaircie. C'est une ligne blanche régulière, qui s'étire à perte de vue, uniforme, sans limites. Une muraille. Sommes-nous arrivés en Antarctique ? A-t-on affaire au plus gros iceberg du monde ?

Nous approchons. Ce qui se dessine n'est pas un énorme iceberg. Ils sont des millions, tout juste vêlés, nouveau-nés partis à la conquête de l'océan. Une armée aux rangs serrés. Le glacier d'Ilulissat dégueule ses régiments de fantassins blancs qui forment un barrage entre la mer et la côte. Il faudra traverser cette zone.

Nous longeons la frontière et quittons les eaux libres pour nous engouffrer dans une brèche. Il y a désormais plus de glace que d'eau. Atka est un corps étranger qui barbote dans une soupe initiale composée de confettis et de montagnes. Lentement. Nous nous faufilons entre les lignes ennemies, aveuglés par l'omniprésence du blanc, désorientés par son éclat. La nature se referme sur nous.

Le Peintre monte sur le mât, s'installe en vigie pour donner le cap. Concentrés à l'extrême, les marins se relaient pour slalomer à la barre. Ne pas se laisser piéger dans un cul-de-sac. La course du voilier opère des arabesques sur une bande-son de craquements permanents, chant de la coque broyant les petits glaçons sur son passage. Armé d'une gaffe, je repousse les blocs prêts à entraver la proue. Nous frôlons des murs que l'on peut toucher en tendant le bras. C'est notre dernière danse avec la glace.

La bataille navale dure cinq heures, cinq heures tendues pour franchir quelques milles. À l'approche de la côte, nous suivons le sillage des bateaux de pêche nous ouvrant la voie. Une ville apparaît derrière une dernière rangée de monstres. Les eaux du port d'Ilulissat sont prises par une fine pellicule qui se brise sous l'avancée des bateaux. C'est la fin de l'après-midi, l'heure de pointe. L'entrée du port est embouteillée, des pêcheurs pressés nous dépassent et se rabattent en queues de poisson.

Une dernière manœuvre pour nous amarrer à couple. Une clé qui tourne pour couper le moteur et conclure près de 300 milles de navigation. Une grande respiration de relâchement. Nous sommes revenus au berceau, à Terre.

XXX

Je ne suis pas étonné d'apprendre que Ilulissat signifie « iceberg ». Cette cité se caractérise par la présence de géants blancs qui flottent devant les maisons multicolores jusqu'à leur faire de l'ombre. Les icebergs sont plus imposants, plus nombreux qu'ailleurs. Ils déboulent tout neufs, issus du fjord voisin, ce fameux fjord qui attire les foules.

– Les gens viennent pour ça. Quand je suis arrivé, ils étaient bien plus hauts. Ils pouvaient atteindre une centaine de mètres. Aujourd'hui, c'est 70 ou 80 mètres maximum.

Silver vit à Ilulissat depuis 1980 et il sait de quoi il parle. C'est un petit Italien à casquette, la soixantaine, orné d'une moustache grise bien fournie, qui dégage une énergie polyglotte utile à son activité d'agent touristique. Les clients affluent dans sa boutique, il n'a pas trop le temps de me parler. J'avais oublié, depuis quelques semaines, l'idée même « d'être pressé ».

Il prend tout de même un moment pour répondre à mes questions, car les Italiens sont formidables.

– Depuis que je suis ici, le glacier a reculé de trente kilomètres. Et il recule de plus en plus vite. Les visiteurs viennent aussi pour toucher du doigt les effets du changement climatique.

Sur les murs de son magasin, une carte satellitaire montre l'évolution du glacier depuis 1850, image qui parle mieux que tous les discours. L'accélération de la dernière décennie est fulgurante.

Phare touristique du Groenland, Ilulissat reçoit 40 000 touristes par an, dont de nombreux passagers de croisières. C'est beaucoup pour une ville de 4 500 habitants. À l'arrivée de Silver, il y a avait 60 maisons, on en compte maintenant 250. L'Italien était venu au Groenland pour jouer du piano dans les hôtels. Il est tombé amoureux du pays et d'une femme, n'est jamais reparti.

– Il n'y a pas que la ville qui a changé. Les gens aussi. Il n'y a plus la spontanéité que j'ai trouvée au début. Ils sont devenus plus calculateurs, plus intéressés par l'argent. Ils ont délaissé leurs kayaks et leurs traîneaux. Leur culture disparaît. Et quand on tue une culture, on tue un pays.

Ilulissat héberge de nos jours l'hôtel 4 étoiles le plus septentrional du monde (avec chambres en forme d'igloo et label CO_2 responsable), des boutiques de souvenirs et des restaurants, des cafés Internet (alléluia) et des témoins de Jéhovah qui racolent dans la rue principale. Les cultures déboussolées sont un terrain de chasse propice pour les marchands d'âme. Un duo de Scandinaves fans du Christ me tend sa brochure et je me laisse faire. Je confesse cette légère perversion : j'adore m'entretenir avec des illuminés. Ils nous renseignent sur les névroses de l'époque. Cela dit, ces missionnaires portent exactement le même discours que les deux mamies antillaises qui vendent Jésus dans ma rue chaque samedi matin. Aussi, je ne m'attarde pas. J'ai mieux à faire que de sauver mon âme, il faut que je lance une lessive. Et il faut surtout que je trouve une connexion pour, enfin, consulter mes mails. Je m'installe dans un café, codes wifi en main. Internet m'apprend que le monde réel a poursuivi sa course en mon absence. Un enfant noyé fait la une de l'actualité et on a volé ma voiture.

Les humains étant désespérants, je prends un chemin qui me ramène vers la nature. Je marche le long d'un terrain où des centaines de chiens produisent un vacarme à décorner les morses. Ceux-ci serviront moins à chasser sur la banquise qu'à tirer des traîneaux chargés de touristes.

La ville s'efface, la toundra apparaît. Des panneaux m'informent que je pénètre dans une zone classée par l'Unesco. Je vais enfin voir ce fjord que je n'ai pas eu le temps de saluer à l'aller. C'est l'embouchure maritime du Sermeq Kujalleq, le glacier situé en amont, qui fond d'une trentaine de mètres par jour et produit vingt milliards de tonnes d'icebergs par an. C'est donc toi le coupable, c'est toi qui nous as envoyé tous ces monstres. C'est toi qui sèmes tes bébés dans l'Atlantique, les égarant parfois jusqu'aux Açores.

J'avance un quart d'heure sur des passerelles de bois isolant mes pieds du sol boueux. Je longe la côte et au détour d'un promontoire, j'arrive sur Pluton. Une planète de glace. Des blocs longs comme une ville se bousculent, collés les uns aux autres, pour se libérer vers la mer. Un capharnaüm givré, un chaos s'éparpillant sur une surface qui dépasse l'entendement. *Guernica* on ice, peint dans les pastels de fin d'après-midi qui bientôt s'embrasent dans les nuances du crépuscule, le rose tendre s'estompant devant les orange et grenat flamboyants. Les icebergs prennent feu, moi aussi.

Je peux bien utiliser les termes « inouï » et « grandiose ». Je peux bien écrire que je n'ai jamais rien vu d'aussi beau. Ça ne voudra rien dire, devant le miracle des éléments qui fusionnent. J'en ai marre d'essayer de retranscrire la grâce de la glace. J'abandonne. Je passe le relais à Dostoïevski, qui est toujours secourable. « La beauté, ce sont les rivages de l'infini qui se rapprochent et se confondent, ce sont les contraires qui s'unissent dans la paix. Que de mystères en ce monde ! L'âme humaine est opprimée de vivre parmi tant d'énigmes indéchiffrables. »

XXXI

– Un whisky, s'il vous plaît.
– Vous le voulez comment ?
– Sans glaçons.

Pour sa dernière soirée, la fine équipe d'Atka boit un verre au Nalleraq, un joli pub qui concentre la vie nocturne d'Ilulissat. Un groupe venu de Qaanaaq, tout au nord de l'île, envoie un blues-rock groenlandais de bonne facture avec solos à rallonge. Le guitariste, fort comme un bœuf musqué, arbore fièrement le T-shirt siglé « Inuit » que j'ai vu partout depuis mon arrivée. Une bande de gringos forme une sorte de ronde désordonnée et enthousiaste devant les musiciens, ce qui arrive quand les gens qui ne savent pas danser sont suffisamment ivres pour avoir envie de danser. Il s'agit de l'équipage du *National Geographic Explorer*, un paquebot de croisière spécialisé dans les destinations extrêmes. Cela faisait un moment qu'ils n'avaient pas passé une nuit à terre. Ils reviennent d'une expédition qui les a amenés à 80 degrés de latitude nord, bien plus haut que nous. Ils ont vu une cinquantaine d'ours polaires. Ils sont heureux, je crève de jalousie. Je n'ai vu qu'un ours, sur ma carte postale achetée à l'aéroport (que je n'ai d'ailleurs toujours pas envoyée).

– On a vu une mère et son bébé. Ils ont été repérés par un mâle qui les a pourchassés, raconte le chef d'expédition, une Hollandaise d'un mètre quatre-vingt-dix.

– Comment ça s'est terminé ?

– Le bébé n'était pas assez rapide pour fuir. La mère a tenté de s'interposer, sans succès. Le mâle a tué le petit. Il l'a éviscéré et mangé. La glace était pleine de sang et de tripes.

Je suppose que les retraités américains passagers de la croisière, venus observer les gentils ours en péril, nc s'attendaient pas à ce genre de scène.

– Comment on explique ce comportement ?

– Soit l'ours avait faim, soit il voulait garder sa position de mâle dominant en supprimant les rivaux en devenir. Ça arrive.

Le bar ferme. Nous sympathisons sur le trottoir avec une bande de jeunes Groenlandais qui nous promettent un after. Après l'achat de décilitres de bières dans une boutique clandestine (car la vente d'alcool est prohibée après une certaine heure), nous nous retrouvons dans une résidence sociale neuve, petit appartement propret avec grande télévision, où vit un champion de kayak. Des jeunes femmes gloussent en se regardant en photo sur leur téléphone. Elles sont serveuses, portent de petits hauts moulants ; l'une d'entre elles lorgne le Second. Je pense à leurs grands-mères, qui ont certainement passé leur vie à tanner des peaux de phoque dans des maisons en tourbe. Pendant ce temps, le Capitaine tente de participer à un jeu à boire aux règles obscures. Nous avons oublié de manger, ce n'est jamais bon signe.

J'ai envie de partir mais une certaine K. me met le grappin dessus, bien décidée à me raconter sa vie. Elle a un visage doux, le sourire triste, un embonpoint conséquent et l'élocution fade des dépressifs.

– Je me suis réveillée une nuit et j'ai surpris mon copain en train de violer mon fils. Je suis devenue folle. Je l'ai poignardé. J'ai été jugée et j'ai fait de la prison. Maintenant, j'ai des problèmes psychologiques. Les médicaments sont chers, mais c'est remboursé. C'est à cause du traitement que je suis grosse. J'ai du mal à me lier avec les autres. Et les gens ne m'aiment pas.

Que répondre à une inconnue qui vous confie cela ? Je ne relate pas cette histoire par goût pour le sordide. L'inceste est un fléau répandu, il fait partie du tableau du pays. Et le drame de K. incarne les malaises qui affectent la société. Il mérite d'être raconté.

Ici comme ailleurs, la tentation est grande d'opposer le grandiose de la nature, même si elle est cruelle, à la bassesse dont les humains sont capables. Je ne cède pas à cette tentation, je préfère garder un peu de confiance en l'humanité, égoïstement, parce que j'en fais partie. Tout bien pesé, c'est plutôt une chance d'être un humain, en dépit de ce que nous inflige la conscience de notre condition.

XXXII

Le lendemain, je rencontre l'un de ces êtres humains qui vous regonflent le moral. C'est un guide de haute montagne de Chamonix que nous appellerons le Guide. Son CV est bien garni puisqu'il a conquis le pôle Nord en autonomie (55 jours de marche), le pôle Sud en autonomie (seulement 50 jours de marche) et l'Everest (avec oxygène, trop facile). Les gens qui ont accompli ce triple exploit se comptent, à travers le monde, sur les doigts d'un lépreux. À la cinquantaine, après trois décennies à galoper derrière l'absolu, le Guide s'est trouvé confronté au problème de ceux qui ont réalisé leur rêve : que faire ensuite ? Il a trouvé une solution. Réaliser les rêves des autres, en faisant partager sa passion pour l'Arctique. Il a acheté un bateau sur lequel il invite des artistes. Il l'a baptisé Atka. C'est donc grâce à cet homme, que je n'avais jamais rencontré physiquement, que j'ai pu vivre ces semaines privilégiées.

Il est grand temps de faire connaissance et pour cela, rien de mieux qu'une balade autour d'un fjord glacé. Le Guide parle en sautillant d'un rocher à l'autre. J'écoute en dosant prudemment chacun de mes pas. Au vu de son parcours d'aventurier, j'imaginais le Guide en grand bonhomme baraqué. Son corps de sportif de haut niveau est en fait léger et dense, dégageant vigueur et assurance naturelle.

Il gagne sa croûte en vendant de l'extrême à des clients souvent très riches et désireux de mettre du piment dans leur vie dorée en gravissant des sommets aux quatre coins de la planète. Le Guide est à l'aise au milieu des séracs de l'Himalaya, des Andes ou de l'Antarctique, mais aussi dans les jungles équatoriales. Il me raconte sa virée chez les Korowai, une tribu de chasseurs-cueilleurs de Papouasie indonésienne. Ces hommes n'avaient eu aucun contact avec le reste du monde jusqu'aux années 1970 et ils pratiqueraient encore le cannibalisme à l'occasion. Une semaine de marche pour les dénicher au fond de la forêt. Il faut ensuite s'asseoir à l'entrée du village et attendre des heures pour nouer le contact.

– Ils vivent à l'âge de pierre, sans outils. Ils ont des huttes dans les arbres, à une vingtaine de mètres du sol, avec les gamins qui jouent là-haut, sans barrière.

En quittant les Korowai, le Guide s'est demandé s'il devait leur offrir sa gourde. C'est trois fois rien, une gourde. Mais cela permettrait à une famille de stocker de l'eau, d'économiser de longues marches et d'améliorer le quotidien. C'est fondamental, une gourde. Mais cela représente un saut technologique susceptible de créer des convoitises et des dépendances, de bouleverser l'ordre social. Éternelle balance des apports et méfaits du progrès. Les Inuits sont-ils plus heureux en délaissant leurs traîneaux au profit des motoneiges ? Étions-nous plus ou moins cons sans nos smartphones ?

Après avoir longuement pesé le pour et le contre, le Guide a laissé sa gourde. Et il se demande encore s'il a fait le bon choix.

Aujourd'hui, il a apporté un drone dernier cri que lui a offert l'un de ses clients fortunés. Gentil pourboire. Excité comme un gamin, il déballe son nouveau jouet qui combine deux de ses passions, car le Guide est aussi un photographe et un pilote de paramoteur aguerri. Il fait décoller l'engin, qu'il envoie filmer les icebergs à 200 mètres d'altitude, avant de le faire atterrir sans dommages. Les images sont époustouflantes. Vu du ciel, le fjord scintille comme une mine de diamant. Ici, on n'est jamais à l'abri d'un supplément pour les yeux, même quand on croit être arrivé au bout du sublime.

L'impression de calme et de force que dégage ce paysage masque cependant les périls qui le menacent. Au cours de la dernière décennie, le Groenland a perdu deux cents milliards de tonnes de glace. Chaque année.

200 000 000 000 de tonnes. Dans un siècle, ce panorama aura peut-être disparu.

Au Mont-Blanc comme en Arctique, le Guide est un témoin oculaire de la fonte. Voilà vingt ans qu'il traîne sur la banquise. Il l'a vu rétrécir et s'affiner au fil du temps. Le Guide constate la rapidité des bouleversements au plus près du terrain et il s'en désole. Il ne verse pas pour autant dans la complainte climatique, l'écologie de salon ou l'alarmisme culpabilisateur.

– Je fais des conférences dans des écoles et je vois qu'on ne montre que du négatif aux gamins. On leur explique que la planète est foutue. Je préfère leur transmettre l'idée que la planète est belle.

S'il dédie son énergie et son argent à ses projets polaires, c'est par amour pour ces paysages dont il connaît mieux que quiconque la magnificence et la fragilité. Pour montrer ce qui vaut d'être sauvé.

XXXIII

J'ai dit au revoir à ma fine équipe de Bretons. On se reverra à Saint-Malo, au Vanuatu, ou jamais. C'est le destin des compagnons de route, il faut bien que les routes bifurquent un jour. Le Capitaine et le Second feront escale en France avant d'aller voguer sur d'autres mers. Le Peintre et moi allons hiberner quelque temps pour extirper une tambouille artistique de notre expérience arctique. Et nous repartirons aussi. Quoi qu'il arrive, nous aurons été amis pendant quelques jours, quelques jours qui comptent. Atka poursuivra son chemin avec un autre équipage. Il passera l'hiver prisonnier de la banquise de Rodebay, avant de s'ébrouer et de repartir, lui aussi, briser d'autres glaces.

Pour l'heure, j'atterris à Sisimiut (anciennement Holsteinsborg), ville dont le nom signifie « la colonie près des terriers de renards ». Pour moi, Sisimiut signifie surtout « dormir à l'hôtel ». Ma chambre est modeste mais elle présente l'énorme avantage d'être une chambre. Elle ne tangue pas. Il y règne une température constante. On peut s'y tenir debout partout. Elle est dotée d'un lit et même, j'en ai les larmes aux yeux, d'une douche, une vraie. (Je rêvais d'une baignoire, mais à l'instar des Korowai d'Indonésie, il faut que j'évite les transitions trop brutales.)

Au restaurant de l'hôtel, une employée philippine me sert une pizza mexicaine trop épicée. C'est sa première saison, elle ne sait pas si elle supportera les températures négatives de l'hiver arctique. Devant moi, un écran géant diffuse un plan fixe de feu de cheminée. C'est virtuellement chaleureux.

Mon objectif est de dormir toute la journée, mais j'ai un rendez-vous avec une amie de la poétesse islandaise que j'avais croisée dans un bar à Nuuk, il y a trois semaines, il y a cent ans.

Malene est installée à Sisimiut depuis 11 ans. C'était un rêve d'enfance, mûri dans son Danemark natal. Construire une vie au grand air, avec des chiens de traîneau pour aller à la chasse. Amoureuse du Groenland, elle a épousé un Groenlandais. Il est mort. Elle est restée.

Malene est blonde, la quarantaine, elle est propriétaire d'une belle maison, d'une guitare, d'un fauteuil de massage incroyablement perfectionné et d'une douzaine de carabines, dont certaines sont munies d'un silencieux. Je repère une photo de chien encadré sur un mur, sûrement un disparu. Posé sur une table de billard, un crâne de morse voisine avec le bulletin d'information des témoins de Jéhovah.

Malene a choisi Sisimiut, deuxième ville du pays, pour son authenticité. Moins capitale que Nuuk, moins touristique qu'Ilulissat. Nous sommes au niveau du cercle polaire. C'est la frontière de la glace, la banquise d'hiver ne descend pas plus au sud. C'est donc la limite des chiens de traîneaux.

– Ici, il y a encore une vraie connexion avec la nature.

La Danoise peut parler pendant des heures du mode de vie traditionnel groenlandais. Elle est nostalgique d'un monde qu'elle n'a pas connu.

– Une femme de qualité, dans le temps, c'était celle qui savait coudre très serré les vêtements de son mari, pour que le froid ne passe pas quand il partait à la chasse. C'était une question de survie, tout simplement.

Malene porte une veste en peau de phoque (j'ignore si elle l'a cousue elle-même). Je n'ai vu aucun Groenlandais en faire autant. Les Groenlandais sont comme tout le monde, ils achètent des blousons made in China.

– Dès que tu donnes un couteau à des gens qui n'en avaient pas, c'est le déclin d'une culture, poursuit Malene.

On en revient au dilemme de la gourde.

– D'un autre côté, faut-il continuer à pêcher en kayak alors qu'on a des bateaux à moteur ? Non. Il faut que nous trouvions un équilibre. Nous sommes très bons pour nous adapter.

Je remarque à ce moment-là que Malene dit « nous » en parlant des Groenlandais.

Nous traversons Sisimiut et ses collines garnies de maisons de bois et de logement sociaux. Le plan de la ville converge vers le port, cœur de l'activité économique. Un centre culturel et un centre commercial concentrent la vie sociale autour d'un petit lac où l'on fait la fête ce week-end. Des manèges, des animations, des concerts. On a fait venir un groupe folklorique de Mongolie-Intérieure et ce n'est pas un hasard. Cette programmation exprime la volonté de tisser des liens, pour le coup très lointains, avec les origines. (Rappelons que les ancêtres des peuples arctiques sont venus d'Extrême-Orient il y a 12 000 ans.) Sur les photos où posent les Mongols et les Groenlandais, la proximité des phénotypes, la similitude des traits est frappante. Cousins éloignés.

L'inévitable poivrot du village vient soliloquer devant nous. Malene, qui se veut plus groenlandaise que les Groenlandais, se montre sévère. D'après elle, les problèmes sociaux des locaux viennent de leur incapacité à se projeter, de leur tendance à se laisser vivre au jour le jour, nourris par l'État-providence.

– Il y a un problème de transmission. Avant, il y avait la culture du « j'ai besoin de ». Maintenant, c'est « je voudrais ». On n'enseigne plus aux enfants à survivre.

À propos de survie, il faudrait penser à rentrer chez elle, car c'est l'heure de nourrir les chiens. Ce n'est pas une mince affaire. Sa meute compte treize individus, sept mâles et six femelles.

– Pour une fois que j'ai un homme sous la main, tu vas m'aider à porter les bidons.

Je viens de tomber dans un vieux piège inuit. Je trimballe des seaux d'eau de 30 litres qui me ruinent le dos et pourrissent mon seul pantalon propre, au milieu d'une horde de chiens féroces (je suis sûr que ce sont des loups) aboyant furieusement à mon passage. Il faut savoir que parfois, des chiens affamés mangent des gens. C'est pour ça qu'ils sont attachés. Il faut aussi savoir que j'ai une petite trouille des gros clébards. Je ne le dis pas à Malene, j'ai ma fierté. Cette meuf flingue des morses à l'heure du petit-déjeuner, elle va me prendre pour une chochotte si je recule devant ses toutous. Je marche à pas feutrés (pas facile avec un bidon de 30 litres dans les bras) en tentant de faire bonne figure. Peine perdue, Malene est chasseuse, elle sait décrypter les comportements des mammifères.

– N'aie pas peur, je suis là.

– Mais j'ai pas peur. J'ai pas peur.

Je mens en gardant un œil sur ce jeune mâle au regard fou qui, de toute évidence, souhaite me déchiqueter pour varier son menu. Nous distribuons des croquettes et des morceaux de phoques tués à cet effet. Malene prend un moment pour discuter avec chacun de ses chéris.

– Je les aime et ils m'aiment, assure-t-elle.

– C'est quoi un bon chien de traîneau ?

– Le bon chien, c'est celui qui connaît sa place et sait y rester.

J'écoute le topo de Malene sur les complexités de la hiérarchie canine. Le vieux mâle dominant est en train de transmettre le pouvoir à son fils (celui au regard fou). C'est toujours lui le patron mais il laisse du mou, petit à petit.

– C'est le seul qui a le droit de me monter dessus.

– Heu, pourquoi ce privilège ?

– C'est pour montrer qu'il est mon préféré. Mais le vrai mâle dominant dans la meute, en fait, c'est moi.

Étonnant personnage que cette femme, seule, qui s'est donnée pour mission de préserver les coutumes d'une terre qui n'est pas celle où elle a grandi. Son cas n'est pas isolé. Ils sont quelques-uns comme elle au Groenland, des Européens en quête d'authenticité qui ont trouvé leur vie ici, fuyant la société de consommation et son impasse. Les Groenlandais urbains, eux, aspirent pour la plupart à la modernité globalisée et aux écrans géants. Ironique symétrie des ambitions existentielles.

Je suis revenu chez Malene deux jours plus tard pour la saluer avant mon départ. Je ne l'ai pas vue. Elle était partie à la chasse.

XXXIV

– Souvent, je vois des voitures qui arrivent ici, au bout de la ville. Elles atteignent la fin de la route et font demi-tour directement. Elles tournent en rond.

– C'est peut-être une façon de tuer l'ennui.

– Je crois que c'est ça. Je crois sérieusement que c'est ça.

Je suis en voiture avec un homme dont le métier est d'améliorer l'avenir. Il s'appelle Tue mais il est très gentil. C'est un Danois qui dirige une institution pour enfants abandonnés ou retirés à leur famille. Le sujet est sensible, les négligences éducatives sont une des racines du mal-être groenlandais.

– En été, on voit des enfants de cinq ans dehors à trois heures du matin, sans surveillance. Parmi les couches les plus défavorisées de la population, beaucoup de parents ne pensent même pas à élever leurs enfants.

Pour Tue, l'origine du mal se situe dans la politique danoise d'urbanisation qui a détruit la société traditionnelle.

– Ils sont passés des igloos aux barres en béton. La vie a été réorganisée d'un seul coup. Trop rapide, trop brutal. Plaquer un système sur un autre, ça ne marche pas. Nos sociétés européennes ont mis des siècles à devenir ce qu'elles sont. Eux, ils ont perdu des deux côtés. Ils n'ont plus les compétences pour survivre en mode traditionnel. Et la plupart n'ont pas acquis celles du monde contemporain.

Tue gare son 4x4 devant son institution et me fait visiter les lieux. C'est une sorte d'internat, avec des salles de loisirs et des ateliers de bricolage. Il est en charge d'une dizaine de jeunes auxquels il essaye de donner les armes pour réintégrer une vie normale.

– En fait, c'est une cellule d'urgence psychologique pour des gamins qui ont eu des enfances traumatiques.

J'aimerais discuter avec les mômes, Tue ne peut pas me les présenter. Il ne souhaite pas les exposer et il a raison.

– On a des cas très durs. Un gamin a foutu le feu au centre à son arrivée. Pendant les trois premiers mois, il n'a pas voulu me dire bonjour. Maintenant, il me raconte ses journées.

Tue a exactement le physique de son emploi, celui d'un père de substitution de famille nombreuse. Carrure protectrice, autorité naturelle, sourire bienveillant et attitude positive. Cet homme qui s'occupe des enfants des autres attend un bébé. Tue se coltine de dures réalités, il n'a rien d'un naïf. Mais c'est un optimiste qui croit en son action.

Il est en poste depuis un an et demi et il est décidé à faire bouger les choses. Il me montre le chenil qu'il fait construire par et pour ses adolescents. Il mise sur les vertus de la relation avec l'animal.

– Nos mômes s'entendent mieux avec les animaux qu'avec les humains. Les animaux ne les déçoivent pas, eux. Ils viennent de familles où règne la violence domestique. Les animaux ne leur ont jamais fait de mal. Ils ne les jugent pas. En s'occupant des chiens, ils deviennent responsables de « quelqu'un ».

Leur apprendre à connaître les chiens, c'est aussi une façon de les reconnecter à leur identité perdue, à la culture de leurs aïeux. Leur montrer d'où ils viennent, pour savoir qui ils sont. Pour ne plus tourner en rond. Et peut-être un jour, pour savoir où ils vont.

Où va-t-il, ce Groenland ? Il ne le sait pas vraiment lui-même. Durant ces quelques semaines, j'ai rencontré un presque-pays flottant entre deux époques. Ici vit un peuple ancien, au présent confus, qui tente de s'inventer un futur. Le Groenland patiente au carrefour de son histoire, rêvant d'une indépendance qui serait difficile à assumer. Il se débat avec ses interrogations identitaires, brandissant sa culture inuite tout en abandonnant ce qui la constitue. C'est un héritage qui se désagrège comme de la glace sous les rayons séducteurs de la modernité. On peut le déplorer. Mais c'est un réflexe occidental que de vouloir vitrifier la culture – surtout celle des autres – en la figeant dans un idéal de pureté fantasmé. Voici le dilemme du moment résumé par un habitant de la capitale :

– Veut-on devenir un musée ou un pays moderne ?

L'environnement du Groenland change, dans tous les sens du terme. L'immobilisme n'est pas une option. Cette île cernée par des enjeux qui la dépassent réclame sa part d'avenir. Elle a quelques cartes en main pour le construire. Une nation balbutie au nord du monde. Rien n'interdit de penser qu'une part de lumière jaillira au pays du soleil de minuit.

Je m'offre une dernière promenade solitaire dans Sisimiut, sans savoir où je vais. Je passe devant une librairie. Dis-moi ce que tu lis, je te dirai qui tu es. Sur la table des best-sellers, un ouvrage retient mon attention. Sur la couverture, une photo d'une jeune femme d'ici, nue, en train de manger une banane, sous le titre *Homo Sapienne*. L'image est provocatrice, pas graveleuse. Le roman est écrit en groenlandais mais je parviens vaguement à cerner sa structure. Beaucoup de dialogues, de narrations sous forme de SMS, très contemporain. J'interroge le libraire. La romancière, Niviaq Korneliussen, est une Groenlandaise de 25 ans, lesbienne militante. C'est un livre en colère qui dénonce les maltraitances sur les enfants, fustige les complaintes post-coloniales et l'apathie de ses compatriotes. C'est le succès de l'année. Un ovni éditorial devenu un phénomène de société. Preuve que quelque chose bouge dans ce pays. Ce sont les artistes qui envoient les signes avant-coureurs des mutations.

Niviaq Korneliussen a également contribué à un recueil de nouvelles d'anticipation écrites par une dizaine de jeunes écrivains. Le livre s'intitule *2040*. C'est la voix de la jeunesse urbaine et éduquée. Une mine d'or pour saisir le *Zeitgest* groenlandais, une mine que je ne peux pas creuser par moi-même. Je bénéficie heureusement du concours de Maasi Chemnitz, un étudiant blond aux yeux bleus avec lequel j'ai pris un café à Nuuk. Il a participé au recueil *2040* et a eu la gentillesse de me le résumer.

Une des fictions présente le Groenland comme un pays pétrolier conduit par un parti nationaliste, une autre l'imagine dirigé par un dictateur européen. Les textes traitent d'épidémies, de violences sexuelles, de nouvelles technologies, d'alcool, d'inégalités sociales et d'amour. Ils mêlent angoisses globales et préoccupations locales. Les questions environnementales et climatiques en sont notablement absentes.

– Sur les dix nouvelles, il n'y en a qu'une seule d'optimiste, conclut Maasi.

Il faut relativiser ce pessimisme littéraire. Les ouvrages d'anticipation tendent le plus souvent vers la dystopie, la fiction préfère les drames aux lendemains qui chantent. Certes, ces jeunes Groenlandais écrivent un avenir troublé. Je préfère retenir que, pour la première fois, ils écrivent leur avenir.

XXXV

Ce dernier jour de voyage ressemble fort au premier jour de ce voyage.

Je suis coincé pour six heures à Kangerlussuaq, qui est toujours un aéroport international planté au milieu de rien. Paris est toujours à 4 heures 25 et le pôle Nord à 3 heures 15. Le panneau indicateur n'a pas bougé, l'espace-temps ne s'est pas écroulé pendant que je me promenais en Arctique. La température est à peine plus fraîche que le mois dernier au même endroit. Le burger au bœuf musqué figure toujours au menu de la cafétéria. Les mêmes employées veillent sur la boutique de souvenirs et le duty free. Ce sont les mêmes tourniquets avec les mêmes cartes postales.

Ces images d'Épinal du Groenland, je ne les ai pas vues. Voyageur estival, je n'ai pas foulé la banquise. Voyageur maritime, je n'ai pas touché la calotte polaire. Voyageur contemporain, je n'ai pas vu d'igloo. Je n'ai pas pu observer l'ours. En revanche, j'ai bien aperçu deux ou trois icebergs.

Je suis passé presque sans transition de la rudesse sublime des mers glacées au confort ouaté d'une salle d'attente. Je flotte dans la position du voyageur en transit, habité par la schizophrénie du retour. À la fois heureux de retrouver sa vie, frustré de quitter un territoire qu'il n'a pas épuisé, et désireux de remercier pour ce qui lui a été donné.

Un touriste patiente en faisant tournoyer le présentoir à cartes postales. Et je le vois. L'ours. Sur la banquise. Celui qui clame *Welcome to Greenland.* Celui que j'ai acquis ici-même quelques semaines plus tôt et que je trimballe depuis. Je fouille dans le chaos de mes bagages et je le déniche, quelque part entre des T-shirts sales, une lampe frontale et un ouvrage d'ethnologie. Elle est un peu abîmée, ma carte postale. Mais elle reste utilisable. Il faut qu'elle serve.

J'attrape mon stylo et j'entreprends d'y coucher le récit de mes aventures nordiques. Ce sera ma façon de remercier. En transmettant les bouts de réel que j'ai captés lors de ma glissade sur l'esprit des lieux. Ça commence comme ça. *« L'ours se tient, immobile, à quelques mètres. Je fais face au sommet de la chaîne alimentaire et je retiens mon souffle ; c'est la moindre des choses quand on dévisage le seigneur de la banquise. »*

Bien sûr, c'est trop petit, une carte postale. Trop étroit pour raconter un aussi grand, un aussi beau pays. Alors je suis obligé de déborder dans ce livre.

Une saison plus tard, j'achève la rédaction de cette lettre en grand format et je l'expédie à votre adresse. J'espère que vous l'avez bien reçue.

Remerciements

L'auteur souhaite remercier ceux qui ont permis cette aventure et encouragé ses Démarches, les équipes des éditions Guérin Paulsen, François Bernard dit Ben, ainsi que Nicolas Dubreuil.

L'auteur tient également à serrer dans ses bras tous les personnages de ce livre, en particulier le Capitaine Maxime Dreno, le Second Brieuc Delbot et le Peintre Gildas Flahault.

Briser la glace n'aurait pas été possible sans celle qui me fait fondre, Aurore Gonnet.

Du même auteur

Gringoland, Au diable vauvert, 2005
Comment devenir un Dieu vivant, Au diable vauvert, 2008
Touriste, Au diable vauvert, 2011
Paradis (avant liquidation), Au diable vauvert, 2013
In utero, Au diable vauvert, 2015

Épreuves non corrigées
PARUTION 15 SEPTEMBRE 2016

Achevé d'imprimer par Ermes Graphics
à Turin (Italie) en mai 2016
ISBN : 978-2-35221-173-0